무슨 일을 하든지 마음을 다하여

주께 하듯 하고

사람에게 하듯 하지 말라

<골로새서 3:23>

잡히면 산다

잡히면 산다

검찰 수사관의 미집행자 검거기

초판 1쇄 발행 | 2024.3.11
지은이 | 최길성

기획 편집 | 전미경
펴낸이 | 정세영
표지 디자인 | 디자인 지니
본문 디자인 | 디자인 SOSO

펴낸곳 | 위시라이프
등록 | 2013.8.12 /제2013-000045호
주소 | 서울 강서구 양천로30길 46
전화 | 070-8862-9632
이메일 | wishlife00@naver.com
ISBN | 979-11-93563-00-7
정가 | 16,800원

잡히면 산다

검찰 수사관의 미집행자 검거기

최길성 지음

위시라이프

저자의 말

돌이켜보면 공무원, 검찰 수사관으로서 임무를 다하면서
다른 사람에게 도움이 된 것은 큰 영광이고 축복이었습니다.
아무 탈 없이 23년간 수사관 일을 하고 있음에 감사할 뿐입니다.
지금 함께 하는 동료 수사관들에게 감사드립니다.

2024년 봄을 기다리며

차례

01

추적자

나는 검찰 수사관이다

"무슨 검찰청에서 사람을 잡으러 다녀요?"

자유형 미집행자(불구속 상태로 재판을 받다가 법원 판결을 통해 징역, 금고, 구류 등 형이 확정됐지만 도주하거나 잠적해 집행할 수 없는 피고인)를 검거할 때 많이 듣는 말이다.

"검찰청에 근무하면 검사님 아니예요? 수사관은 뭐 하는 사람이에요?"

이런 질문도 항상 받는다.

내 직업은 검찰 수사관이다. 많은 이들에게 생소한 직업이지만, 내 업무는 미디어를 통해 많이 보여져서 오히려 대중에게 익숙하다. 쉽게 얘기하면 뉴스에서 '압수 수색' 등을 보도할 때, 압수물이 담긴 '검찰'이라고 적힌 파란 박스를 건물에서 들고 나오는 사람이다.

검찰 수사관은 검사를 보좌하여 범죄 수사를 담당한다. 검찰 수사관은 주로 검사실에 소속되어 형사사건을 수사하면서 압수수색 현장에서 압수한 자료를 안전하게 보관, 검토하여 범행의 증거를 찾아내고, 계좌추적을 통하여 범행과 관련된 재산의 흐름을 파악하여 실체적 진실을 찾아내는 역할을 한다.

또, 사무국 산하의 수사과와 조사과에 소속된 수사관들도 사건 수사 및 조사 업무에 종사하고, 범죄로 인한 수익을 환수하는 업무를 수행하고, 형 집행 업무의 일환으로 자유형 미집행자, 재산형 미집행자를 추적, 검거한다.

나아가, 대형사건에 있어서는 범죄와 관련된 정보를 수집하고 분석하여 검사에게 제공하여 사건 해결을 돕기도 한다. 결국, 대중에게 잘 알려져 있지는 않지만 검찰 수사관은 직접 피의자를 조사하는 등 주도적으로 수사를 진행하며 공정한 수사와 법 집행의 원활한 진행을 도모한다.

검찰 수사관은 나라를 떠들썩하게 만든 굵직한 사건들에도 가장 가까이에서 깊숙하게 직접적으로 관여하기도 하다. 어찌 보면 개별 사건의 해결이 승진 등 개인의 영달에 큰 영향을 미치지 않기에 더 정의로운 마음으로 사건에 임할 수 있는 듯하다.

우리 주변에서 쉽게 볼 수 있는 평범한 소시민처럼 보이지만 때론 슈퍼맨처럼 정의롭고, 누구보다 따뜻한 마음으로 법을 집행한다. 그런 검찰 수사관들의 사람 냄새 물씬 나는 이야기를 하려 한다.

지금 소개하려는 이야기는 검찰 수사관 업무 중에 형 집행 업무에 관한 이야기다. 형 집행업무라는 표현은 최대한 절제한 단어이고 세간에서 흔히 말하는 대로 하면 판결을 받은 뒤 형을 살지 않으려고 도망 다니는 범죄자를 잡아서 교도소에 넣는 일이다.

매우 큰 금액의 벌금을 내지 않고 도망 다니는 범죄자, 불구속으로 재판을 받다가 징역이 선고된 사람, 벌금을 납부하지 않고 몇 년을 숨어서 지내며 시효가 지나기를 버티는 사람들을 잡아서 교도소에 넣는다.

나에게게 잡혀 교도소에 들어가는 사람 중 몇몇은 말한다.

"돈 없는 게 죄냐? 돈이 있으면 벌써 냈지."

"돈이 없는 게 죄는 아니지만 벌금형을 선고받은 행위는 죄가 맞습니다."

죄를 지은 사람에게 고통을 주는 방법이 다를 뿐이다. 징역형은 교도소에 집어넣어 신체의 자유를 제한해서 고통을 주는 것이고, 벌금형은 소중한 재산을 빼앗아 경제적 고통을 주는 것이다. 벌금형은 1차로 정해진 기한에 벌금을 내도록 하고, 벌금 납부를 이행하지 않았을 때 교도소로 보내진다. 드라마에서는 형

사나 경찰들이 이 일을 하는 것으로 보여지지만, 형 미집행자를 추적하고 검거하는 것은 검찰 수사관의 일이다.

사실 범죄자라고 표현했지만 내가 추적하고 검거하는 모두가 통상적인 의미의 범죄자는 아니다. 그들 중 일부는 중차대한 범죄를 저질러 사회에 불안과 혼란을 야기한 일반적인 의미의 범죄자도 있고, 몇몇은 다양한 이유로 내 추적을 받는 경우도 있다. 특히 법원의 출두 명령을 받았지만 먹고살기 바빠 법원에 출석하지 않아 징역형이나 금고형이 선고되는 경우도 있다.

범죄 행위에 대한 죄의 무게는 법원이 판단할 것이지만, 지난 20년간 검찰 수사관 경험으로 봤을 때 법원에 출석해서 "판사님 죄송합니다. 다시는 그러지 않겠습니다"라는 말이라도 했더라면 징역살이는 면할 수 있는 경우도 많이 보았다. 벌을 피해 무조건 도망 다니는 것만이 능사는 아니라는 말이다.

오랫동안 다양한 피의자와 피고인을 만나 조사를 하고, 민원 응대를 하고 미집행자를 추적하여 검거를 했지만, 내가 가장 많이 한 말은 범죄에 관한 거창한 말보다는 예상 외로 "저쪽 법원으로 가세요"고, 반대로 가장 많이 들은 말은 "검찰청이나 법원이나 같은 거 아니예요?"라는 반문이었다.

일반인들은 법원과 검찰청을 잘 구분하지 못한다. 법원과 검찰청이 보통 같은 곳에 있는 탓도 있지만, 대부분의 사람들이 법에 벗어난 행동을 하지 않고 살아서 이런 곳에 올 일이 없기 때문이다. 아예 법원과 검찰청을 모르고 살면 더 좋겠다.

수사기관에서 불구속으로 기소되면 재판이 다 끝난 줄 알고 재판에 출석하지 않는 경우가 많다. 판결을 제대로 확인하지 않아서 결국 그들 중 몇은 실형이 선고되어 교도소에 가게 된다.

이 책에서는 되도록 범죄자라는 용어는 사용하지 않으려고 한다. 범죄자라는 극단적인 단어를 선택함으로써 호기로운 검찰 수사관으로 자기 포장을 하고 싶지 않기 때문이다. 묵묵히 수사 현장에서 자신의 일에 최선을 다하고 있는 검찰 수사관 이야기를 하고 싶다.

내가 추적하고 검거하여 교도소에 보낸 사람을 부르는 공식 명칭은 미집행자다. 불구속으로 재판을 받다가 실형이 선고되어 도망 다니는 피고인은 자유형 미집행자, 벌금형이 선고되었는데 벌금을 납부하지 않고 도망 다니는 피고인은 재산형 미집행자로 부른다. 이 책에서 다룰 피검거자들에 대한 명칭은 미집행자로 통일하겠다.

일반적으로 재산형 미집행자는 시효가 임박하거나, 벌금 액수가 많음에도 불구하고 고의적으로 벌금을 납부하지 않을 때, 자유형 미집행자는 형이 확정될 때 영장을 발부받아 실시간 위치 추적을 통해 적극적인 검거에 들어간다.

이 책을 읽는 독자들에게 검찰 수사관이 악을 단죄하는 영웅의 모습으로 받아들여지길 바라지 않는다. 그러기에는 검찰 수사관의 일은 너무나 복잡다단하다. 대부분의 일이 우리 삶과 맞닿아 있고, 선과 악, 명과 암, 일상과 비일상, 서로 양립할 수 없는 다양한 가치가 충돌하고 뒤엉키면서 전혀 예상치 못한 의미를 만들어낸다.

검찰 수사관이 추적하고 검거해야 하는 사람이 얼마나 많아서 삶이니 의미니 운운하나 하는 의문이 들 수도 있다. 통계적으로 전국적으로 매해 대략 4천 명 정도의 자유형 미집행자가 생겨난다. 전국에 분포해 있는 약 50여 명의 형 집행 담당 수사관이 이들을 추적하고 검거하여 교도소에 보낸다. 자유형 미집행자를 잡기 위해 일 년 중 절반 가까이를 집 밖에서 보내며 발로 뛰며 전국을 누빈다. 재산형 미집행자를 포함한다면 상상을 불허할 정도로 많다.

나는 꽤 많은 미집행자를 잡았다. 미집행자가 사용하는 핸드폰을 실시간 위치 추적하고, 통화내역을 분석해 검거한 수만 통계로 잡힌 것이니 주소지, 핸드폰 요금 청구지 등 첨단 기술의 도움 없이 사건기록 조사만을 통하여 증거를 모아 검거한 경우까지 포함하면 수백 명에 이른다. 한때 전국 검찰청 최고 검거율이었다.

법무 연수원에서 신규 수사관들을 대상으로 미집행자 검거를 통해 알아낸 노하우를 교육하기도 했다. 수년간 이어진 이 연수로 전국의 검찰청으로 배치받은 형 집행 담당 수사관 중 일부는 내가 알려준 방법으로 미집행자를 검거하고 있기도 하다.

연수원에서 전달하는 노하우는 특별하지 않다. 다만 범죄를 직접 가까이서 마주하는 실무자로서 그리고 미집행자들의 향후 수개월 내지 수년간의 미래를 결정하는 최전선에 선 사람으로서 그들이 응당 가져야 할 권리가 훼손되지 않았는지 살펴보는 따뜻한 시선을 가져달라고 당부한다. 형 집행업무는 추적이 대부분이라 현장대처 능력이 무엇보다 중요하다는 것도 당부한다.

내가 처음 위치 추적을 통해 미집행자를 검거하던 시기에는 실시간 위치 추적에 대한 개념이 수사관 커뮤니티 내에 정립되지 않았다. 일부 수사관 중에는 통신사에서 보내온 주소지를 피고인이 현재 거주하고 있는 주소지로 착각해 해당 주소 기지국이 서 있는 허허벌판에서 무턱대고 잠복한 경우도 있었다.

하지만 나를 비롯한 많은 수사관들이 형 집행 과정에서 경험한 내용을 적극적으로 의견 내고 능동적인 태도로 방법을 모색하는 등 시행착오를 거쳐 실시간 위치 추적의 개념과 체계를 갖추게 되었다. 통신사에 문의하고 답변 받아 내부 통신망에 정보를 공유하기 위해 글을 올리는 것도 체계화의 한 부분이기도 하다. 이를 통해 다른 많은 수사관도 통신사에서 보내 오는 주소가 기지국의 위치이며 검거해야 할 미집행자는 단지 기지국 반경 안에 있다는 사실만을 알려주는 것임도 알게 되었다.

과거의 나는 미집행자들을 검거해 형을 집행하는 것에 재미와 보람을 느꼈다. 일터 내부에서 형 집행 능력을 인정받을 때 기분이 좋았다. 그런 성취감에 취해 검거를 위해 며칠을 밖에서 뜬 눈으로 보낸 때도 많았다. 실제로 미집행자를 추적해 일주일째 같은 패턴으로 움직이는 것을 확인하고 그들의 동선 안에서 잠복하다가, 멀리서 다가오는 미집행자를 발견할 때 갑자기 뛰기 시작하는 심장소리를 들을 때가 세상 무엇보다 좋았다.

하지만 언젠가부터 그 재미는 큰 의미를 잃었다. 검거한 미집행자가 하루 빨리 사회로 돌아올 수 있는 방법을 모색하는 것이 더 의미가 있다는 것을 알게 되었다. 검거한 피고인과 교도소로 향하며 대화를 나누고 혹시나 그가 석방될 수 있는 사유가 있다고 판단되면 함께 고민을 한다.

과거의 나에게 미집행자는 실적 그 이상도 그 이하도 아니었지만, 이제는 아니다. 그들에게서 삶의 의미를 본다. 그들을 통해 내가 성장하고, 그들도 나를 통해 새로운 삶의 길을 찾아 나갈 수 있길 진심으로 바라기 때문이다.

앞으로 펼쳐질 이야기는 모두 현장에서 내가 직접 겪은 이야기들이다. 하지만 누군가는 이야기 속 주인공이 자신일지도 모른다는 염려를 할 것을 우려하여 다양한 방법으로 독자를 속일 것이다. 소개될 이야기는 흑과 백의 이분법적인 논리로는 쉽게 판단할 수 없을 것 같다. 그저 다양한 삶이 엮이고 엮여서 피고인이 있어야 할 곳으로 돌아가는 이야기라고 생각하면 되겠다.

그저 어느 수사관의 삶의 모습이다.

초코파이 - 출장 가방 속의 필수품

1991년 8월에 나는 강원도 최전방 육군사단에 입대했다. 겨울보다는 낫다는 여름 입대였지만 뙤약볕 아래에서 2주간의 훈련은 힘겨웠다. 6주 동안 훈련을 해야 하니 4주가 남은 셈이었다. 어린 나이에 담배를 배운 훈련병들은 담배를 몹시 피우고 싶어했다. 사회에서 하던 모든 행동들이 금기가 되었으니 그 고충이란 두말할 필요가 없다.

어린 시절 아버지와 어머니는 두 가지 이유로 다툼이 잦았는데 하나가 담배를 많이 피우는 아버지가 원인이었다. 담배를 피우면 집안에 싸움이 생긴다고 생각했는지 다행히 나는 담배를 배우지 않았다.

2주 훈련을 마치고 난 휴일 오후, 연병장은 뜨거운 볕으로 인해 펄펄 끓어올랐다. 점심을 먹고 나니 스콜피온스의 <Wind of Change>가 확성기에서 흘러나왔다. 뛰어난 음질은 아니었지만 그 시간 내가 떠나온 사회의 맛과 향이 느껴졌다.

그렇게 주말을 보내고 난 다음날이었을까, 아니면 내가 추억을 회상했던 당일이었을까. 훈련병을 통제하는 교관이 헌혈 장병을 모집한다는 안내를 하면서 헌혈을 하면 초코파이 세 개를 준다는 말을 자신있게 붙였다. 너무나도 단것이 먹고 싶었던 2백 명 가량의 훈련병들이 지원했다. 특이체질인 몇 명만 헌혈을 하지 못했고 헌혈을 한 훈련병들은 한자리에서 초코파이 세 개를 먹어치웠다. 초코파이에 대한 아련한 추억이다.

제대를 하고 나서 몇 달이 지나 형이 서울에 있는 'S' 대학을 졸업했다. 공부를 제법 잘했던 형은 초코파이를 만드는 회사를 계열사로 가지고 있는 'ㄷ' 그룹의 시멘트 만드는 회사에 들어갔다. 형은 명절이나 생일이 되면 초코파이 한 박스가 통째로 들어있는 선물 박스를 가져오곤 했다. 나는 매번 군에서 헌혈을 하고 나서 먹었던 초코파이 맛이 나기를 바라면서 먹어 보았지만 그 맛이 나지 않았다.

형은 가끔 술을 한잔 마실 때면 자신이 입사했던 시멘트 만드는 회사가 당시 삼성전자보다 연봉이 많았다고 자랑을 한다. 나는 무슨 말 같지 않은 말을 하느냐고 받아쳤지만 그 말에 자신이 없다. 당시 상황을 잘 알지 못하기 때문이다.

형의 졸업식에 참석하고 나서 대학이라는 곳에 가봐야겠다는 생각을 하고 시골로 내려가지 않고 곧바로 신설동에 있는 대입학원에 등록했다. 고등학교 졸업을 하고 만난 동창들은 공대, 경상대, 이과대, 문과대에 갔다고 자랑을 했다. 학업 실력이 그리 시원치 않아 지방대마저 가지 못했던 나는 같은 '대'자 돌림이라도 가자는 심정으로 '군대'에 갔었다.

신설동 학원에서 1년간 공부하여 형이 다닌 'S' 대학에 입학하였는데 2~3년 대학을 다니던 중에 IMF 사태가 터졌다. 취업난관에 부딪쳐서 나는 다시 노량진 학원으로 가서 당시 여자친구이자 현재 와이프의 지시(?)에 따라 검찰 수사관이 되었다. 결국 인생에서 공부라고는 대입 준비 1년과 공무원 준비 1년 해서 딱 2년을 한 것이다.

검찰청에 입사해서 검사실에 근무할 때 검사는 23살 청년 김승학(가명)을 조사해 달라며 기록을 주었다. 여자 검사였는데 내가 존경하는 검사 가운데 한 분이다. 신분증에 찍힌 사진을 보고 김승학의 사건 기록을 검토했는데 젊고 건장해 보이는 외모와는 달리 정신적으로 발달이 더딘 사람이었다.

그는 공원 벤치에 앉아 있다가 옆자리에 앉은 여대생의 지갑을 훔쳤다. 훔친 지갑을 들고는 근처 편의점으로 들어가 빵을 샀다. 그리고는 태연하게 편의점 벤치에 앉아 배불리 먹은 것이다. 곧장 김승학을 뒤따라온 지갑 주인이 경찰에 신고를 했고, 출동한 경찰에게 검거될 때까지도 도망치지 않고 영문을 모르겠다는 어리둥절한 표정으로 있었다. 이후 그는 간단한 조사를 받고 석방이 되었다.

김승학은 지능이 조금 모자라는 상태로 나라에서 40만 원 정도 주는 지원금으로 생활하고 있었다. 그중 방세로 15만 원을 내면 나머지 25만 원이 그가 한 달을 사는 데 사용할 수 있는 돈의 전부였다. 형편이 넉넉지 않아 매일 굶주린 상태로 지내고 있었다.

김승학은 검찰에서 한번 더 조사를 한 후에 재판정에 나가서 재판받을 상황이었다. 핸드폰도 없던 그를 소환하기 위해 집주인에게 열 번 넘게 전화를 했다. 조사를 하는 것보다 소환하는 것이 더 힘이 들었다.

김승학이 조사를 받으러 사무실 문을 열고 들어왔다. 몰골은 남루함 그 자체였다. 옷은 너무 오랫동안 빨아 입어서 해질 대로 해져 있었고, 손등은 온통 터져서 거북이 등처럼 거칠게 갈라져 있었다. 그래도 예의를 지켜야 한다는 마음이 있었는지 최대한 공손해 보이려 행동했다.

수사관 생활 20년 정도 하다 보니 문을 열고 들어오는 모습만 보아도 그 사람이 자백을 할 것인지, 부인을 할 것인지 알 수 있었다. 한데 김승학에게서는 어떠한 것도 읽을 수가 없었다. 나는 평소보다 조금 더 큰소리로 피의자의 권리를 읽어주고 조사를 시작했다.

묻는 질문에 대답을 하던 김승학은 어딘지 모르게 정신이 나간 것처럼 보였다. 김승학의 눈길을 따라가보니 냉장고 위에 올려진 간식 바구니에 시선을 고정하고 있었다.

"아 저거 드시고 싶구나. 드세요. 먹으면서 조사받아도 됩니다."

나는 글로 남기는 조사보다는 피의자가 자유로운 상태에서 대화를 나누며 조사하는 것을 선호하는 편이다. 한 시간 이상 피의자와 커피를 마시면서 이야기를 나눌 때도 있다.

나는 김승학에게 초코파이 한 개와 종이팩에 들어 있는 음료수 하나를 가져다 주었다. 김승학은 곧바로 먹어치웠다. 한 개 더 가져다 주자 또 게눈 감추듯 먹었다. 그렇게 여덟 번을 했다. 이를 지켜보던 검사는 내게 메신저로 조사의 필요성을 물었다. 더 이상 조사가 곤란하다는 뜻을 전달하고 조사를 마쳤다.

정확하게 기억이 나지 않지만 검사는 김승학이 국가 보조를 받으면서 취업이 가능한 곳을 알아보고 취업을 조건으로 기소유예를 하였다. 나는 그를 데리고 구내식당으로 내려가 배고플 때면 여기 와서 내 이름을 적고 밥을 먹고 가라고 했다.

사무실로 돌아와 초코파이를 하나 뜯어 입에 넣고 아주 작은 소리로 '그래 이 맛이야'라고 했다. 무려 30년 전 군대에서 헌혈을 하고 나서 먹었던 초코파이 맛이 났다. 아마도 김승학에게서 다 해진 훈련복을 입고, 때가 낀 손으로 초코파이를 먹던 내 훈련병 시절 모습을 보았던 것 같다.

그후로 출장 가방에 넣고 다니는 품목이 하나 늘었다. 담배와 더불어 초코파이를 넣어 가지고 다닌다. 교도소에 들어가기 전 마지막으로 담배 한 대 피우고 싶다는 피의자를 위하여 담배를 준비하고, 혹시라도 교도소의 배식시간이 끝나서 다음 배식 시간까지 공복으로 있어야 할 피의자를 위하여 준비하는 것이다.

임산부 미집행자 - 새로운 삶을 향한 응원

난처한 상황은 언제든 일어난다. 그건 내 의지 밖의 일이다. 그래서 나는 상황에 대해 애써 덤덤해지려 한다. 무슨 일이 일어나도 애써 덤덤하게, 어떤 상황에서도 개인적인 감정이 들어가게 하지 않으려 애를 쓰고, 해야 할 일을 덤덤하게 처리하고 형을 집행한다. 그런 생활을 오래 지속한 탓일까. 가끔 내가 하는 일의 진정한 의미에 대해 깊은 상념에 빠지곤 한다. 내가 집행한 이 형이 사회의 선순환을 가져올 수 있는 결정일지.

법치국가에서 법을 수호하고, 그 법에 따라 내려진 결정을 거부하고 회피하려 도망 다니는 사람들을 붙잡아 이행하도록 강제하는 건 너무나도 당연한 일이다. 그런 면에서 검거한 미집행자들을 옹호하고 싶은 생각은 추호도 없다. 단지 그들이 검거 대상이기 이전에 한 인간이라는 생각을 늘 가슴속에 품고 다닌다. 또한 그들을 최대한 인도적으로 대한다고 자신한다.

어디까지나 그들의 인생이다. 하지만 이따금 그런 다짐이 무너지는 때가 있다. 무작정 그들의 편에 서고 싶은 때가 종종 생긴다. 법의 결정이 과연 옳았는지를 되묻고 싶을 때도 있다. 매우 드물지만 덤덤함이 사라지고 지극히 인간적으로 되는 순간들이 있다.

김보람(가명)은 자유형 미집행자로 일 년 형을 받았다. 잡혔을 당시 막 아이를 출산한 상태였다. 그녀의 죄목은 선불금 사기다. 다방에서 일을 하기로 하고 선불금을 당겨쓰고는 일은 하지 않고 냅다 도망을 쳤다. 그것도 여러 곳에서 사기를 친 것이 병합되어 징역형이 선고되었다.

처음에는 김보람을 곧장 검거하려고 했지만 실행할 수가 없었다. 소재를 추적하는 중에 그녀가 아이를 출산한 사실을 알게 되었다. 산모가 갓난아이를 떼어두고 교도소로 가야 하는 그 상황만으로도 가슴 저렸다. 얼마나 기막힌 사연이 있기에 임산부의 몸으로 사기를 치고 도망 다니는 처지가 되었는지, 또 내가 전혀 짐작할 수 없는 어떤 사연이 있을 거라는 생각도 들었다.

그래서 수사관의 재량 안에서 검거 계획을 조금 천천히 진행하고, 그 동안 교도소라는 곳에서 아이를 키울 여건이 되는지 알아보았다. 교도관인 지인에게 물어 이런저런 정보를 알아냈다. 아무리 교도소라지만 그곳도 사람이 사는 곳이기에 다행히 아이를 키울 수는 있다고 하였다. 아이가 생후 18개월이 될 때까지만 가능하다는 제한이 있었지만, 그래도 그 기간이나마 엄마와 아이를 함께 있게 해주고 싶었다. 또 갓 태어난 아이가 조금이라도 교도소에 적응할 수 있게 두 달 정도를 기다렸다.

무작정 잡아들이는 것보다는 미집행자를 달래서 검찰청으로 오게 하는 것도 집행의 한 방법이다. 언제부터인가 나는 그녀에게 매일 전화를 하고 있었다. 교도소에서도 아이를 키울 수 있다는 말을 전하며 그녀를 안심시켰다. 과연 내 이야기를 듣고 안심이 되었을지 통화가 끝난 후면 늘 그 생각에 잠겼다.

내가 할 수 있는 인도적인 배려는 교도소 내의 아이 양육 여건을 알아보고, 그 내용을 직접 전하며 그녀를 안심시키는 것뿐이었다. 나로서는 충분히 해낸 상태였지만 늘 마음이 불편했다.

갓 낳은 어린애를 떼놓고 수감생활을 하는 것보다는 엄마의 보호 아래 있는 것이 나을 것 같다는 판단 아래 도움을 주려 한 것이지만, 교도소라는 폐쇄된 환경에서 아이가 일 년 간 자라는 것이 아무리 엄마와 함께 있다지만 어떤 영향을 줄지까지 예상할 수는 없었으므로. <7번방의 선물> 같은 상황은 영화에서나 가능한 것일 것이다.

김보람이 처한 기구한 삶에 자꾸 마음이 갔다. 냉정하게 사실관계만을 따지며 덤덤하게 처리할 수 없었다. 내가 할 수 있는 일이 없다는 사실을 잘 알았지만, 마음은 그런 실제적인 상황과는 전혀 관련 없이 움직였다. 덤덤하지 못하게 자꾸 마음을 쓰고, 걱정하고 위로하고 착잡해 하며 두 달이 흘렀다. 그녀가 교도소로 들어가야 하는 날이 왔다.

김보람은 나를 보고 웃으며 인사했다. 편의를 봐주고 교도소에서 아이를 키울 여건을 알아봐 준 것에 대해 늘 고마워하고 있다고 말했다. 하지만 어쩐지 내 눈길을 피하며 빨리 교도소로 들어가려고만 했다. 곧 그 이유를 짐작할 수 있었다. 아이와 함께 있도록 알아봐준 배려는 고맙지만 아이를 도저히 교도소에서 키울 수가 없어서 다른 곳에 맡기고 홀로 온 것이다. 교도소에 가야 하는 마음, 그것도 핏덩이를 떼놓고 죄값을 치르러 가야만 하는 마음 등이 복잡하게 얽혀 자신의 처지가 죽도록 싫었을 것이다.

그날 김보람은 조용히 교도소로 들어갔다. 교도관에게 인도한 뒤에도 교도소 안으로 걸어 들어가는 모습을 오랫동안 지켜보았다. 그녀의 결정에 대해 묻고 싶었지만 결국 아무것도 묻지 못했다. 그녀는 이미 너무 많은 사람에게 이유를 해명했을 테니. 해명을 요구한 대상에는 타인뿐만 아니라 그녀 자신도 포함되었을 것이었다.

아이를 누군가에게 맡기고 홀로 교도소로 오면서, 작고 새하얀 침대에 누워 옹알거리는 아이의 얼굴을 눈에 새겨 넣으면서, 그녀는 자기 자신에게 길고 긴 해명을 했을 것이다. 내 아이를 위한 결정이었다고. 아이를 교도소에서 키울 수 없다고. 내가 지은 죄니 홀로 감당해야 한다고.

나에게 애써 웃으며 인사를 건네기 위해 무척 안간힘을 썼을 것이 분명했다. 그녀의 눈물은 끝까지 보지 못했다. 그만큼 절망하지 않았을 수도 있다. 하지만 내가 마지막으로 본 그녀의 뒷모습에는 분명 슬픔이 자리해 있었다.

처음 했던 이야기로 돌아가보자. 난처한 상황은 언제든 일어날 수 있다. 임산부를 검거해서 교도소 형을 집행해야 하는 상황처럼. 하지만 아무리 상황이 난처해도 그런 것에 휘둘려서는 안 된다. 내가 집행하는 업무는 법치국가의 근간을 지키는 일이기 때문이다. 어떤 일 앞에서도 덤덤하기로 결정했고 실제로 그 결정을 잘 지켜내고 있다.

그렇다고 인도적인 행위 자체를 부정하는 건 아니다. 미집행자를 옹호하지는 않지만 그들이 새로운 삶의 방향을 찾도록 돕고 싶은 마음은 항상 있다. 그 마음을 따라 움직일 때도 많다.

임산부 미집행자를 검거한 사건은 오랫동안 지켜온 내 가치관에 큰 흔들림을 주었다. 또 한 번 내 직업에 대해 생각하게 되었다. 다시 한번 밝히지만 그녀가 저지른 범죄를 옹호하는 것은 아니다. 아이를 임신한 것 역시 온전히 그녀의 인생이고 결정이다.

수많은 결정과 선택이 만들어 놓은 그녀의 삶 속에 나라는 사람과의 만남이, 아이를 홀로 두고 교도소로 들어간 시간이 어떤 흔적을 남길지 알고 싶을 뿐이다. 부디 아픈 상처로 남지 않길 바라는 마음이다. 하지만 그건 어디까지나 내 바람일 뿐, 무엇 하나 확실한 것이 없는 상황 속에서 덤덤함을 유지하는 건 절대 쉬운 일이 아니다.

아직도 종종 김보람의 뒷모습을 생각한다. 지금쯤 아이는 얼마나 자랐을지 궁금하다. 두 사람은 다시 만나 과거를 잊고 서로를 의지하며 새로운 삶을 살아가고 있을 것이다. 그들의 미래를 진심으로 응원하고 싶다.

나의 덤덤함은 그런 마음이 유지한다. 미래가 있을 거라는 희망. 새로운 삶을 향한 응원. 부디 이 글을 읽는 많은 사람이 그런 마음을 품고 살아갈 수 있길 바란다.

전국구 폭력 조직 두목 검거

십여 년 전 가을, 강력 검사실 실무관의 전화를 받았다. 검사가 나를 찾는다는 내용이었다. 매일같이 검찰청으로 출근하지만 막상 검사가 찾는다고 하면 조금 긴장하게 된다. 꽤나 어려운 사건을 담당하게 될 거라는 예감 때문이다.

검사실에 들어서자마자 중앙 탁자 위에 두툼하게 쌓인 사건 기록이 눈에 들어왔다. 높이가 족히 50센티미터는 되어 보이는 양이었다. 크게 네 개로 나뉜 기록은 각각 경찰에서 송치한 기록이 하나, 피해자 진술 조서 등 수사 기록이 두 개, 피의자를 추적한 영장이 묶인 기록 하나로 이루어져 있었다. 검사의 부탁은 하나였다. 전국구 폭력조직 '대명 청년파'(가칭)의 두목 강두석(가명)

을 검거하라는 것이었다.

내가 비록 천 명 가까운 미집행자를 검거하고 모두 예외없이 무사히 교도소로 형을 집행한 수사관이기는 하지만, 현재는 사건 수사를 하지 않는 보직에 있음에도 불구하고 최고 보안을 요하는 내사 사건의 기록을 통째로 넘기는 것이 쉽게 납득이 되지 않았다.

기록을 들고 검사실을 나서는 중에도 확신이 서지 않았지만, 검사는 반드시 잡아야 할 피의자라는 것과 내가 아니면 잡을 가능성이 없다는 말만 던졌다.

자리로 돌아와 자료를 처음부터 살폈다. 경찰에 접수된 피해자의 고소장부터 사건을 시작했다. 그런데 경찰 쪽에서 넘겨받은 자료를 보니 고소장이 접수된 이후 2년 동안 쌓인 기록치고는 너무나 얇았다. 게다가 경찰 수사 중에 담당 경찰관이 수시로 바뀌었다. 사실상 본격적으로 진행된 수사가 거의 없다시피했다. 그나마 진행된 수사 기록에는 피해자가 피해액을 모두 받았다며 조사를 거부했다는 내용만 가득했다.

강두석은 수년간 지역 유지를 협박해 수십 억을 갈취하였는데 피해자들 일부는 피해 변제를 받았다고 진술하고 있고, 다른 사람들은 경찰서에 나와서 조사 받기를 거부한다는 것이다. 수사 미진을 넘어선 수사 기피 기록이었다.

검찰 기록에 그나마 주목할 만한 부분이 있었다. 제법 강단이 있기로 소문난 선배 검찰 수사관 한 명이 피해자들을 설득해 간신히 받은 진술조서였다. 검찰은 이를 토대로 강두석에게 체포영장을 청구했지만 강두석은 체포의 기미를 감지하고는 도주했다. 그 모습이 거주지 CCTV에 고스란히 찍혀 있었다.

검찰은 곧장 강두석이 최근 사용한 핸드폰과 카드 사용 내역에 대한 실시간 위치 추적을 실시했다. 내가 보기엔 지극히 초보적인 수법이었다. 전문적인 도망자에게 실시간 위치 추적은 아무 쓸모가 없었다. 타인 명의로 핸드폰과 카드를 수시로 바꿔 사용하면 추적은 의미가 없어진다.

강두석의 '대명 청년파'는 전국 폭력조직 서열 10위 내에 드는 거대한 조직이었다. 수장인 강두석은 1990년대에 조직원들 중 네 명을 살해하였다. 한 명은 조직을 배신한 행동대장, 다른 세 명은 경쟁조직의 두목 등이었다. 잔인한 살해 행각은 가뭄으로 시체를 매장한 저수지 물이 마르며 드러났고, 경찰에 붙잡힌 조직원들은 처음에는 강두석의 살해 지시를 인정하다가 재판 과정에서 강두석의 지시는 없었다며 모두 진술을 번복했다. 강두석은 무죄를 받고, 조직원 세 명은 각각 무기징역, 징역 30년, 징역 20년을 선고받았다. 강두석은 출소할 때까지 그들의 가족들에게 매달 생활비로 3백만 원씩을 주기로 했지만 약속을 지키지 않았다.

강두석의 파렴치한 행각은 거기서 그치지 않았다. 사건을 수사했던 선배 수사관은 그에게 협박까지 당했다고 말했다. 강두석의 협박 따위에 쫄아들 나는 아니지만 아내에게는 못된 흉악범을 검거중이니 당분간 몸조심하고 가족을 잘 챙기라는 주의를 일러두고 반드시 내 손으로 녀석을 검거하겠다는 의지를 굳혔다.

수사기록을 처음부터 다시 살펴보고 강두석의 처와 자식들의 핸드폰을 실시간 위치 추적하고 통화 내역도 분석했다. 강두석과 같은 거물에게는 의미 없는 일이지만 기초부터 철저하게 실시한 것이다. 통화 상대방이 누군지, 어디 사는지를 파악해 지도를 펼쳐놓고 개연성이 있는 곳을 추렸다.

마침내 강두석 처와 아들이 공통으로 통화한 하나의 번호를 특정해냈다. 그 번호의 사용자가 한 달에 한 번 정도 강두석 처의 거주지를 방문한다는 정보를 파악하고 거주지 인근에서 잠복에 들어갔다.

해당 주소지 관리사무소에 정기적으로 방문해 CCTV 영상을 확인하고 관리사무소 소장 등에게 탐문도 진행했다. 하지만 강두석이 워낙 악명 높은 유명 인사라 내게 제대로 대답할 리 없었다. 그러던 중 강두석이 사용하는 것으로 추정되는 핸드폰의 위치가 강두석 처의 거주지로 확인되어 급습을 감행했는데, 강두석은 없고 처만 집을 지키고 있었다. 똘마니에게 핸드폰을 들려 보내 나의 움직임을 떠본 것일 수도 있었다.

여러 날이 지나 강두석이 수하들을 시켜 내게 자녀가 있는지 알아보라고 지시했다는 소문을 들었다. 가족을 더욱 단도리시키는 것 외에는 방법이 없었다. 그날 이후로는 체포영장과 수갑을 차에 두고 다니며 주말 새벽이면 강두석 처의 집앞에서 잠복했다. 소득 없이 6개월이 지나갔고 검찰에서는 '범죄와의 전쟁'을 시작했다. 강두석을 검거하라는 상부 지시가 한 번 더 내려왔다. 강두석이라는 깡패 검거는 검찰청의 최고 현안이 되었다.

그날 이후 역으로 강두석이 나를 감시하고 있음을 온몸으로 실감했다. 강두석은 여러 다양한 경로를 거쳐 나의 검찰 내부 통신망 메신저가 'ON'으로 되어 있는지, 'OFF'로 되어 있는지까지 확인하는 듯했다. 내가 자리에 있는지 외부 활동 중인지 등 일거수 일투족을 파악하는 것이었다.

강두석은 온갖 방법을 동원해서 도주할 것이 분명했다. 핸드폰도 열 개 이상 사용하며 추적을 피하는 연습쯤은 수없이 했을 것이다.

온갖 정보원을 동원해 강두석의 정보를 수집했다. 자그마한 정보라도 있다면 누구든지 만났고 어디든지 거리를 따지지 않고 쫓아갔다. 그렇게 어렵사리 종합한 정보는 한 달에 한두 번 처를 만난다는 사실과 서초동 사우나에 나타났다는 것이 전부였다. 다시 한번 강두석 처가 거주하는 아파트 경비원을 상대로 탐문을 실시했지만 강두석의 존재 자체가 위협이 되었는지 오히려 내게 앞으로 찾아오지 말라고 거세게 항의했다.

그러던 중 서울의 정보원 하나가 의미 있는 단서를 전해 주었다. 여러 해 전 서울에서 있었던 칼부림 사건의 주범이 지방으로 도망을 갔을 때, 강두석이 이들을 도와준 적이 있어 강두석과 의형제를 맺고 강남구에서 식당을 운영하고 있다는 것이다. 며칠이 지나서는 강두석이 특정 식당에서 점심을 먹었다는 정보도 들어왔다.

모든 사건 기록을 처음부터 다시 분석했다. 말만 듣고 움직일 수는 없었고 확신이 필요했다. 이제까지의 수사 경험상 모든 단서는 사건 기록에 있었다. 정보원을 동원해 수년 전 강두석이 도와준 사람이 누군지 확인했다. 강두석의 아들이 있는 곳도 특정할 수 있었다. 최종적으로 잠복을 해야 할 여섯 곳을 추렸다. 동료 수사관들이 두 명씩 짝을 맞추어 일주일만 잠복을 해도 출장 경비가 만만치 않은 상황이어서 조금 더 상황을 주시하던 중, 주말 아침에 강두석의 아들이 음식점에 머물다 한 시간 만에 다른 곳으로 이동하는 것을 확인했다.

직감적으로 역정보를 흘려야겠다고 생각했다. 강두석을 방심하게 만들기 위함이었다. 동시에 경찰서에 지원을 요청했다. 강두석을 검거하기 위해 부산으로 출동해야 하니 무술 경관 여섯 명을 지원해 달라는 공문을 경찰에 보냈다. 그러고는 검거 당일에 지원 요청을 급히 취소하고 대신 개인적으로 알고 지내던 무술 경관을 불러 차에 태우고 서울로 향했다.

차 안에서 동행 경관에게 허위 정보를 지역 경찰에 흘린 사실과 부산으로 간다고 하고 서울로 출장을 가야 하는 상황을 설명했다. 내부에서 정보를 흘리는 정황이 있는 사건이라 무술 경관은 일말의 오해라도 사지 않으려는 듯, 내가 보는 앞에서 자신의 핸드폰을 껐다. 화장실에 갈 때도 혼자 떨어지지 않을 정도로 내 옆에 붙어 다녔다. 그런 경찰관을 보니 오히려 든든했다.

그렇게 잠복 현장에 도착하니 10층 정도 되는 호텔에 있는 사우나가 보였다. 검거에 대한 자신감이 생기고 심장이 빠르게 뛰기 시작했다. 세 시간을 잠복하고 있으니 강두석의 아들이 누군가와 함께 사우나로 들어가는 것이 보였다. 나는 빠른 걸음으로 그들을 미행했 따라 들어갔다. 사우나 안에서 전신 문신을 하지 않은 사람은 내가 유일했다.

강두석의 아들을 계속 지켜보았지만 강두석은 나타나지 않았다. 결국 잠복 위치를 변경할 요량으로 탕 밖으로 나왔다. 그때 마침내 사진으로만 보았던 강두석을 마주했다. 크게 뛰는 심장을 진정시키며 경찰관을 들여보내 강두석의 얼굴을 다시 확인시켰다. 이어서 112 상황실에 연락해 경찰관 네 명을 지원받아 사우나의 모든 출입구를 봉쇄한 뒤 수갑을 들고 탈의실로 들어가 강두석을 검거했다.

강두석은 옷을 입으며 혼잣말로 '방심'이라고 말했다. 이사를 열두 번 다니고 핸드폰을 서른 개 사용했다고 덧붙였다. 그러는 사이 강두석의 수하들이 주변에 몰려들었다.

나는 강두석에게 더 이상 일을 크게 만들지 말라고 말했다. 그리고 아들과 대화할 시간을 주었다. 강두석은 부하들을 물러서게 하고는 아들과 짧게 대화를 나눴다. 여러 달 후 서울중앙지검 강력부는 강두석의 도주를 도운 나태만(가명)을 범죄단체 조직 혐의로 구속했다.

강두석을 검거하고 돌아온 다음날 너무 많은 감사 인사를 받아 정신을 못 차릴 정도였다. 주임 검사까지 와서 선물을 전하며 감사를 표했다. 스스로 이렇게 자랑스러웠던 적이 없었다. 그후 나는 서울중앙지검으로 전출되었다.

형의 시효 완성 6일 전에 검거

김미정(가명)은 형의 시효 완성(형의 선고를 받아 판결이 확정된 후 그 형의 집행을 받지 않고 일정 기간을 경과하면 형의 집행을 면제하는 제도) 6일 전에 경기도 고양시에서 잡혔다. 벌금형은 5년이 지나면 소멸시효가 완성된다. 무려 5년간 숨어 다녔던 것이다.

김미정은 업소에서 일하기로 하고 미리 선불금을 받았지만 약속을 이행하지 않고 도주해서 선불금을 떼먹은 혐의로 업주에게 고소를 당했다. 한 곳이 아니고 상습적으로 이곳저곳에서 선불금을 편취해서 여러 건의 고소가 걸려 있었다.

여종업원의 미모에 따라 매출이 좌우되는 티켓 다방이나 룸살롱 등의 영업 특성상 업주들은 여종업원이 선불금을 원하면 부득불 미리 선금을 지불한다. 여종업원은 생활고로 인해 노래방이나 술집 등의 업소에까지 가서 일하는 만큼 당장의 숙식 등 현금이 급히 필요한 상태여서 선불금을 요구한다. 양측의 요구가 맞아떨어지면서 선불금을 지급하는 관례가 있다.

수사기관에서 그녀에게 붙여 놓은 주홍글씨는 집행 미제액 1,950만 원, 경찰 기소 중지 3건, 그리고 검찰에서 발부받은 체포영장이 1건 있었다.

김미정은 잡히는 즉시 집행 미제액을 전부 납부하지 않으면, 징역 하루당 일정 벌금액을 차감하는 방식으로 교도소에서 벌금액만큼 약 2백 일간 구금되어야 한다. 체포영장 건으로는 교도소에 구금된 상태에서 검찰청에 드나들며 조사를 받아야 한다. 또 경찰 기소중지 건에 대해서는 교도소에 있는 조사실에서 출장 나온 경찰관에게 조사를 받아야 한다. 하지만 벌금을 납부하고 검사의 석방지휘서가 있으면 즉시 석방될 수 있다.

"1,950만 원 내면 되지. 그깟것 때문에 교도소에 가나?"

"교도소에 가는 게 낫지 않아? 먹여주고 재워주는데, 일 년에 2천만 원을 모을 수 있어? 그냥 들어가서 사는 게 낫지 않아?"

말하기 좋아하는 사람들은 이렇게 얘기할 수도 있지만 당사자의 처지가 아니고서야 어떤 게 맞는 답인지는 알 수가 없다.

김미정은 벌금이 확정되고 난 후 입건되어 검찰청에 출두해서 조사를 받았다. 그런데 왜 벌금이 집행되지 않은 채 5년이나 흘렀는지 궁금해서 입건된 사건 기록을 대출받아 살펴보았다. 이내 답을 찾았다. 그녀는 벌금 미납으로 수배가 걸리기 직전에 검찰청에서 조사를 받았다. 그때 담당 수사관이 벌금에 대한 수배가 걸릴 것이라는 사실을 알려주었을 텐데, 김미정은 벌금 납부에 대한 압박감과 거기에 더해 경찰에서 조사받을 사건에 대한 심적 부담으로 잠수를 탔다. 결국 경찰의 소환에도 응하지 않아 경찰 기소중지도 세 건이나 걸렸고, 사안을 확인하려고 소환한 검사는 검찰 소환에도 응하지 않는 그녀에게 추가로 체포영장을 신청하였고 법원은 영장을 발부한 것이었다.

김미정을 검거하기 위해 조사하는 중에, 검찰에서 작성한 피의자 신문조서(수사기관이 피의자를 신문하여 그 진술을 기재한 조서)에서 미집행자가 사용했던 전화번호가 튀어나오자 습관적으로 전화를 걸었다. 으레 '이 번호는 고객의 요청에 따라……'라는 안내 멘트가 나오리라 기대했는데 몇 번 울리던 벨이 멈추고 누군가가 전화를 받았다.

단서를 찾았다 싶을 때면 언제나 심장이 뛴다. 쿵 쿵 쿵 쿵……. 영화 <콘택트>에서 외계인이 보내는 메시지 같은 그런 심장 소리다. 가뭄에 콩 나듯이 미집행자가 전화를 받기도 하는데 그럴 때는 그 번호의 통화내역을 분석하고 실시간 위치 추적을 시작한다.

수백만 원 혹은 수천만 원의 벌과금을 납부하지 않으려는 미집행자들은 대부분 시효가 만료되는 시점인 5년까지 악착같이 버틸 작정으로 신상정보를 전부 갈아치우는 꼼수를 쓴다. 당연히 자신 명의의 전화번호는 해지하고 가족 내지는 지인 명의로 된 전화번호를 사용한다. 그래서 누군가가 전화를 받는다고 하더라도 본인이 아닐 가능성이 매우 높았다. 나 역시 애초에 전화를 아예 받지 않을 것으로 생각해 착신이 정지되었다는 안내 멘트를 기대했었다.

그런데 의외의 일이 벌어졌다. 당황스럽게도 누군가가 전화를 받은 것이다. 일이 쉽게 풀릴 수도 있겠다는 희망을 잠시 가졌지만 실망스럽게도 전화 건너편에서는 남자의 목소리가 들려왔다. 좌절도 잠시 마음을 차분히 다스리고 목소리를 가다듬고 말했다.

"김미정 씨 핸드폰 아닙니까?"

"누구세요?"

혹시나 하는 마음으로 전화 건너의 남자에게 물었다. 그런데 상대 남자의 반응은 뜨악했다. 보통 낯선 이름을 들으면 "그게 누군데요" 하며 그 이름의 주인을 궁금해 하기 마련인데, 이 남자는 대뜸 내 신상을 되물었다.

하지만 나는 당황하지 않았다. 여기서 당황한 기색을 보인다면 상대는 뭔가 수상쩍다 여기고 더 깊숙하게 숨어버릴 것이다.

오히려 태연하고 당당하게 신분을 밝히는 것이 최선의 수였다. 만약 그녀와 관련 없는 사람일 경우에도 소속을 밝히지 않을 이유는 없었기에 검찰청 수사관이라고 말했다.

"검찰청 최길성 수사관입니다. 김미정 씨 아세요?"

"이 핸드폰 오늘 주웠어요."

검찰청이라는 말에 당황해서인지 상대방은 냅다 큰소리쳤다. 그렇게 전화를 끊은 뒤, 오늘 휴대폰을 습득했다는 상대방의 말을 믿어야 할지 말아야 할지 고민했다. 도통 감이 잡히지 않았다. 동료와 상의를 해보아도 답을 쉽게 찾을 수 없었다.

만약 전화받은 남자가 김미정과 조금이라도 연관이 있는 자라면 내 신분을 밝힌 것이 그녀에게 더 숨으라고 한 꼴이기 때문에 통화 내역과 위치 추적이 헛수고가 될 것이 자명했다. 불쑥 먼저 소속을 밝힌 것이 후회되었지만 마냥 후회하고 있을 수는 없었다. 동료는 상대방 말을 믿어 덕을 본 적이 없으니 한발 빠르게 작업에 들어가자고 제안했다.

수상한 통화를 한 날로부터 일주일이 지났다. 그 사이 나는 아주 긴 기간을 설정해 그 전화번호에 대한 통화내역을 뽑았다. 기간을 길게 설정한 것치고 통화 내역은 달랑 두 페이지뿐이었다. 마지막 통화 상대는 나였다. 통화 내역을 통하여 알아낼 수 있는 소재지는 극히 제한적이었다. 겨우 도출한 의미 있는 정보는 김미정이 경기도 고양시에서 활동을 해왔다는 것과 고양시 소재의 조명 가게와 중국집, 연립주택 정도였다.

더 많은 정보를 알아낼 시간이 필요했지만 체포영장이 발부된 미집행자를 영순위로 검거해야 하는 불문율이 있어 사무실 업무를 마친 직후 서둘러 고양시로 향했다. 체포가 시급한 미집행자 중 영순위, 일순위는 자신의 벌금 시효 완성일을 알고 있는 미집행자다. 김미정은 영순위와 일순위가 절묘하게 섞인, 그야말로 요주의 인물이었기에 검거는 속도전에 가까웠다.

고양시에 도착하자마자 곧바로 조명가게로 향했다. 하지만 가게는 일찌감치 셔터가 내려져 있었다. 유일하게 남은 소재 파악지인 연립주택과 중국집의 상황을 살피기 위해 이동했다. 먼저 중국집에 들러 김미정의 신상을 물었으나 전혀 모르는 사람이라는 대답만 돌아왔다.

체포 과정이 쉽지 않을 것임을 직감하고 탐문을 잠시 멈추고 국수 한 그릇으로 배를 채웠다. 말 그대로 금강산도 식후경이라고 몸과 마음을 가다듬고 다시 한번 통화 기록을 훑어보았다.

그런데 이전까지는 보이지 않았던 통화 내역 하나가 눈에 들어왔다. 마치 종이 위에 글자가 스멀스멀 기어가 저절로 생겨나버린 것처럼. 왜 사무실에서는 안 보이던 것이 이제야 눈에 들어오는지 신기할 노릇이었다.

그것은 탐문했던 중국집이 아닌 또 다른 중국집과의 통화 내역이었다. 중국집이 두 곳이었는데 습관적으로 두 중국집을 같은 곳이라고 생각했던 것이다. 바로 전화를 걸어 위치를 확인하니 5킬로미터 정도 떨어진 곳에 있었다. 곧장 그곳으로 향했다.

결과적으로 그 중국집은 검거에 결정적인 도움을 주었다. 여느 중국집과 다를 것 없이 평범했지만 배달 시스템만은 최첨단이었다. 몇 달 지난 배달 기록까지 고스란히 컴퓨터에 저장되어 있었다. 나중에 둘러보려고 한 연립주택의 주소까지 정확하게 적혀 있었다. 우연이 겹치면 그것은 확신이다. 검거의 가닥이 보이는 순간이었다.

"중국집입니다. 그릇 찾으러 왔습니다."

연립주택의 벨을 누르며 나는 중국집 배달원 행세를 했다. 이렇게 말하는 순간까지도 긴장의 끈을 늦출 수 없었다. 잠시 침묵이 감돌고, 문 너머에서 여자 목소리가 들려왔다.

"그게 언젠데…… 벌써 찾아갔잖아요?"

"확인 차원에서 다시 들러봤어요."

다행히 내 정체를 전혀 의심하지는 않았다. 별일이 다 있다는 듯 권태로우면서도 짜증 섞인 그녀의 목소리에는 조금의 경계심도 없었다.

나는 조용히 문에서 물러났다. 이윽고 문이 열렸다. 열린 문에서 짜증스러운 표정을 한 여자가, 그토록 찾아 헤매던 김미정이 나타났다.

"김미정 씨 되시지요? 검찰청에서 왔습니다."

처음에 전화를 받았던 남자가 내연남일 수도 있다고 생각했는데 사정을 알고 보니 그건 오해였다.

그녀는 최근 출산을 했다. 출산 당일에 택시를 타고 병원으로 갔는데 택시에 핸드폰을 두고 내린 것이었다. 공교롭게 그때 내가 전화를 걸었고, 그녀와 아무런 연고 없는 택시 기사가 차 안에서 전화기가 울리자 받은 것이었다.

이 사건을 집행하면서 두 가지 생각이 들었다. 하나는 미집행자의 삶을 편견을 가지고 대하는 건 아닌가 하는 것이고, 다른 하나는 출산한 지 얼마 되지 않은 어린 핏덩이를 남편 손에 맡기고 교도소로 가야 하는 미집행자에 대한 안쓰러움이었다. 그녀는 자신의 죄를 뉘우치면서도 편취한 금액은 대부분 이자로 갚았다고 억울하다고 호소했다.

"거짓말하지 않고 조사 잘 받으면 좋은 결과 있지 않겠어요?"

그녀에게 어떤 위로를 건넬 수 있을까, 잠시 고민했지만 이내 그만두었다. 그녀의 삶에 대해 아무것도 모르는 내가 할 수 있는 것은 없었다. 다만 앞으로 그녀가 어떻게 해야 할지에 대한 귀띔 정도가 전부였다.

그녀가 법을 조금 더 알았더라면, 무작정 도망치지 않고 벌금을 분납할 방법을 찾고, 검사의 소환에 응하고, 경찰의 소환에 응

했더라면 체포 영장까지는 발부되지 않았을 것이다.

안타까운 것은 대부분의 미집행자들이 자신이 저지른 잘못에 따른 벌을 받으면 벌금형을 받거나 선처를 바라는 등 사건을 해결하려 하기보다는 최대한 피하고 숨으려 한다는 것이다.

전화를 받지 않고 회피한다고 해서 검거되지 않는 것이 가능하지도 않을 뿐더러 그로 인해 원래 예정된 벌보다 더 큰 벌을 받을 수 있다. 오히려 당당히 맞서거나 자신의 의견을 전하면 좋은 방향으로 해결할 수 있을 것임에도 불구하고 그렇다. 참으로 안타까운 일이다.

형의 시효 완성 세 시간 전에 검거

형 집행 담당 수사관의 하루에 관해 물으면, "매일매일 모래사장에서 바늘을 찾는 직업이다"라고 대답하고 싶다. 얼마나 대단한 일을 한다고 저런 표현을 쓰는지 의문스러울 것이다. 이해하기 어려울 수도 있고, 내가 하는 일을 그럴 듯하게 포장하고 꾸미려고 저런 비유를 했다고 할 수도 있다.

자신이 아는 분야 외의 일들은 언제나 낯설기 마련이다. 나는 많은 미집행자를 만나면서 삶의 지평이 넓어진 느낌이다. 처음에는 절대 받아들일 수 없을 것 같던 이들의 내면에 대해 고민하고, 가까이 다가가서 그들의 삶을 이해하려 하자 새로운 시각이 열리고 그들의 삶이 새로운 모습으로 내 앞에 펼쳐지기 시작했고 많은 깨달음을 얻었다.

미리 말하자면 내가 모래사장에서 찾아낸 것은 바늘처럼 위험한 무엇, 문제투성이만 있는 것이 아니었다. 진주처럼 소중하고 영롱한 삶의 교훈도 무수히 많이 숨어 있었다.

김영태(가명)는 판결이 확정된 후 벌금 5백만 원을 내지 않고 추적을 피해 버티면서 몇 년을 도망 다닌 재산형 미집행자다. 누군가에게는 큰돈이고 누군가에게는 하루 술값이 될 수도 있겠지만 액수의 크고 작음과 관계없이 김영태가 반드시 내야 할 벌금이다. 며칠이 지나 시효가 완성되면 김영태는 5년을 도망 다녀서 오백만 원을 아꼈다고 승리의 함성을 지를 것이다. 벌금형이 확정된 녀석을 추적한 수사관은 나를 포함하여 다섯 명이나 된다. 전임, 전임의 전임, 그 전임의 전임 등등.

너무나도 신출귀몰하고 탁월한 녀석의 도망 능력을 인정하고, 지난 5년간 누구도 잡지 못했던 타당한 이유를 만들어 녀석에 대한 형의 시효를 완성시킬 것인지, 아니면 마지막으로 본격적인 추적에 나설 것인지 결정을 해야 했다. 전임 수사관 네 명이 잡지 못했기 때문에 나도 잡지 못하는 것은 한편으로는 당연해 보였다.

"실패할 알맞은 시간은 없다. 성공할 잘못된 시간 또한 없다. 옳다는 생각이 들었다면 그냥 하라."

대학교 졸업 연설에서 어느 유명 인사가 한 말이다.

나는 무기력하게 형 시효 완성 보고서를 쓰는 대신, 녀석을 방금 전 형이 확정된 미집행자로 생각하고 추적에 나서기로 했다. 과거 5년간 전임 수사관이 추적했던 기록을 모두 버리고 전부 새로 시작하기로 했다. 이제껏 검거하지 못했다면 기존의 기록은 버리고 새로운 시각으로 새롭게 실시하는 게 맞다.

현물 급여 내역, 고용 보험 가입 내역, 그리고 각 통신사 가입자 인적 사항 조회를 실시했다. 예상대로 도움이 될 만한 정보는 적었다. 김영태는 현재까지도 개인정보를 매우 철저히 관리하고 신분까지 감추고 살고 있는 중이라는 결론을 내렸다. 사건 기록에 올라 있는 관련된 모든 사람들에게 전화를 걸어 그 중 두 명에게서 녀석이 역 일대에서 속칭 '아가씨 장사'를 하던 자라는 정보를 얻었다. 또 하나의 추적 단서가 마련되었지만 더이상 별 소득이 없이 시간은 흘러 형의 시효 완성 일주일 전이 되었다.

그때 극적으로 정보 하나가 나타났다. 관련 정보는 핸드폰 알람이 울리듯이 자동으로 오는 것이 아니어서 계속 공문을 보내 정보를 요청해서 회신을 받아야 하는 지루하고도 반복되는 일이다.

경기 화성시에 있는 상호가 확실치 않은 병원에서 녀석이 진료를 받은 기록이었다. 진료를 받았다면 몸이 아픈 것이고, 몸이 아파지면 가족을 찾을 거라는 추론 속에서 화성시 일대 그의 가족이 거주하는 곳으로 탐문에 나섰다. 화성시 일대 20여 개 초등학교 홈페이지를 뒤져 마침내 그의 아들이 다니는 학교를 특정해 냈다.

탐문을 통해 아들의 거주지만 파악하면 된다고 생각했지만 현실은 그렇지 않았다. 어렵사리 만난 김영태 아들의 담임 선생님은 교육자의 입장에서 가족의 거주지를 알려줄 수 없다며 거절했다. 일은 힘들어졌지만 담임 선생님의 입장을 충분히 이해할 수 있었다. 오히려 선생님께 고마운 마음이 들었다. 그런 교육자라면 범죄자의 아들이라고 차별을 하지 않을 것이기 때문이다.

다시 정보를 더듬어 끈질기게 추적한 결과 아들의 부모가 근방의 뷔페 식당에서 일한다는 사실을 알아냈다. 주변에 있는 모든 뷔페 식당을 탐문하여 녀석이 일할 만한 곳을 확인했다. 곧장 가게로 들어가 검거에 임했지만 김영태의 아내만 일하고 있었다. 아내는 진저리를 치며 그 인간은 애시당초 포기하고 산 탓에 오랫동안 교류가 없었다고 했다. 하지만 녀석의 행방에 대한 다른 단서를 얻었다. 녀석은 술 먹을 방 한 칸이면 족한 사람이기 때문에 그의 부모와 함께 있을지도 모른다고 했다.

잠시 좌절을 느꼈지만 그나마 정보를 얻을 수 있는 걸 다행으로 여기고 마음을 다잡으며 사무실로 복귀해 김영태 어머니의 이름으로 조회했다. 같은 이름을 가진 사람이 5백 명 넘는 검색 결과가 나오고 말았다. 정말로 모래사장에서 바늘을 찾는 격이다.

하지만 포기하기에 적당한 때는 없다.

녀석이 형 시효 완성을 하게 되어 죄값을 치르지 못하면 5년 전에 녀석을 조사한 경찰관의 수고부터 내 전임자의 추적과 나의 추적까지 아무런 의미가 없게 되는 것이다.

5백 명에 대한 상세 조회를 실시하면서 녀석의 기록을 대출하여 과거 행적을 살폈다. 태어나서 성장하면서 어디에 살았는지 일일이 확인했다. 5백 명의 주민번호 조회 출력지를 바닥에 놓고 성별, 연령 등을 고려해서 관련이 없어 보이는 이름을 하나씩 삭제해 나갔다. 시효는 12시간이 채 남지 않은 시간에, 녀석의 어머니로 추정되는 최근 동두천시로 전입한 주민을 찾아냈다.

곧장 주소지로 찾아간 나는 3시간 가까이 그가 나타나기를 기다리며 잠복했다. 하지만 시효의 마지막 날이었고, 계속 기다리다간 아무런 수확 없이 시효를 넘길 것이 분명했다. 시간이 촉박한 상황에서 무의미한 잠복을 접고 직접 배달부로 위장해 그를 집 밖으로 불러내려 했다.

그러나 문은 쉽게 열리지 않았다. 그즈음 되니 피곤이 몰려오고 아무런 수확 없이 돌아가야 할 것 같은 무기력함까지 감돌았다. 집중을 하기 위해 지금까지 이 미집행자를 검거하기 위해 거쳐온 나와 동료들의 수많은 시간과 노력들, 몇 번의 허탕과 지겹도록 반복된 정보 탐색을 떠올렸다.

갑자기 창문을 통해 집 안의 불이 꺼지는 게 보였다. 분명 인기척이 없었는데 집 안 불이 꺼졌다면 누군가 자신의 정체를 숨기기 위해 안에서 숨 죽이고 숨어 있는 것이 분명했다. 다음 순간 길고 긴 수사관 생활을 하며 몸으로 익힌 본능이 나를 움직이게 했다. 심장이 뛰었다. 곧장 달려가 있는 힘껏 문을 걷어차고 김영태를 검거했다. 형의 시효 완성 3시간 전이었다.

나는 이렇게 광활한 모래사장에서 바늘을 찾는다. 미집행자는 바늘이고, 그를 찾기 위해 쏟는 나의 시간과 발품, 그 과정에서 마주하게 되는 많은 상황이 거대한 모래사장을 이룬다.

모래밭 속에서 나는 때로 넘어지고, 때로 좌절하고, 때론 모래에 집어삼켜지기도 한다. 하지만 한 가지 확실한 것은 그 모래 속에서 바늘을 찾아냈을 때의 성취감은 이루 말할 수 없다는 것이다. 누군가 왜 그렇게 일에 열중하냐고 묻는다면 그 성취감에 관해 이야기할 수밖에 없다. 그리고 안타깝게도 이런 내 성취감은, 그것을 경험해 보지 못한 이들에게 공감을 얻기 매우 어려운 종류의 감정이다.

그렇다고 으스대고 싶은 마음은 없다. 이건 어디까지나 내가 해내야 하는 내 일이니까. 하루 종일 모래사장을 헤집고 다니는 어린아이를 생각해 보라. 그 아이가 으스대기 위해서 모래 구덩이를 만들고, 그렇게 파낸 모래를 가지고 모래성을 쌓는가.

결국 자기만족이다. 목표를 달성했다는 만족, 도저히 할 수 없을 것처럼 여겨지던 것을 마침내 했다는 성취. 그러니까 내게 모래사장에서 바늘을 찾는 것은 삶의 목표인 동시에 그 목표를 향해 나아가도록 만드는 삶의 원동력이다. 그리고 그것이 모래사장 속에 숨어 있는 나의 진주가 된다.

하루 두 명 검거

형 집행 업무 담당으로 일하면서 생긴 버릇이 하나 있다. 매일 아침 눈을 뜨자마자 핸드폰을 열어 문자 메시지를 확인하는 것이다.

과거에는 핸드폰을 거의 사용하지 않았고 급하면 전화하면 된다는 생각에 문자 또한 거의 보지 않았다. 하지만 이제는 운전 중에 차를 갓길에 세워두고 문자를 살펴볼 때가 있다. 차를 세우면서까지 볼 정도로 중요한 문자냐고 생각할 수 있겠지만 내가 받는 문자는 조금 다르다.

아침에 일어나면 내 핸드폰에는 수십 개의 문자가 쌓여 있다. 통신영장이 발부된 사람들이 현재 어떤 기지국을 사용하는지, 다시 말하면 어느 기지국 근처에 있는지를 통신사들이 문자로 보내온 것이다. 검거해야 하는 미집행자가 밤새 어디를 돌아다니다가 어디에서 잠을 잤는지 알려주는 문자다. 검사의 요청으로 검거해야 할 피의자가 있을 때에는 백여 개가 넘어간다. 나아가 도망자가 여러 대의 핸드폰을 사용하는 경우에는 수백 건의 문자가 와 있기도 하다.

문자에서 알려주는 것은 통신사의 기지국 주소일 뿐이다. 즉 도망자가 통지된 기지국 주소 인근에 있다는 것을 알려주는 것이다. 기지국마다 다르겠지만 한 기지국이 담당하는 범위가 반경 5백 미터에서 적은 곳은 반경 1킬로미터까지 되니 문자가 보내오는 정보의 위력은 그다지 크지 않다. 하지만 피의자의 현재 위치 언저리라도 아는 것이 업무에 도움이 되는 것은 사실이다.

그러니 문자를 확인하는 순간부터 내 업무는 시작된다. 지도 앱을 열어 문자가 보내온 정보로 위치를 추정하고 도망자들의 움직임을 매일 파악해 두어야 이동 동선을 따라 추적하고 머무는 곳을 특정지어서 잡을 수 있기 때문이다. 그래야 하루에 두 명도 검거하고 세 명도 검거할 수 있고, 그래야 '전국 검거율 1위', '검거의 전설'이라는 소리를 들을 수 있다.

사실 '실시간 위치 추적'이 도망자를 잡는 데 그다지 큰 위력을 발휘하지는 않는다. 적어도 나에겐 그랬다. 나는 도망자의 움직임을 파악해서 패턴을 알아내고 그 움직임보다 앞서 도착해서 도망자를 기다리며 입을 벌리고 있는 형국을 좋아한다.

미디어에서는 '실시간 위치 추적'이라는 거창한 단어를 앞세워 위치 추적이 마치 도망자의 위치를 콕 찝어 주는 것처럼 말하지만 그렇지 않다. 도망자가 기지국 주변에 있다는 것만 알 뿐이다. 혹시라도 지금 도망 다니는 신세라면 실시간 위치 추적을 그리 겁내지 말고 식사 거르지 말고, 부모님에게 가끔 안부 전화라도 했으면 하는 바람이다.

하루짜리 검거 출장을 위해 사무실에서는 3일 이상 작업을 한다. 현장에서 어떤 일이 발생할지 모르기 때문에 도망자에 대한 정보를 모두 조회하고 사소한 단서라도 다 메모를 한다. 만약 실시간 위치 추적 주소지가 A구역이라면 그 주변에 도망자와 관련 있는 사람을 미리 찾아 확보해야 한다. 형제자매가 있는지도 확인한다. 도망자와 개연성 있는 누군가를 찾아낸 후 그들의 주소지를 파악하고 난 후에 출장을 나간다.

자신을 감추고 도망 다니는 사람에게 조력자는 꼭 필요하고 그들은 대부분 가족 친지나 지인일 가능성이 많기 때문이다. 생판 모르는 사람에게는 도움받을 수 없을 테니까.

이번에는 두 명을 한꺼번에 잡을 계획이다. 강태호(가명)는 사기와 문서 위조 등으로 이미 여러 번 징역살이를 하기도 했다. 천만 원 벌금 시효가 이틀밖에 남지 않은 상황에서 어디론가 꼭 꼭 숨어버렸다. 송민철(가명)은 음주 운전으로 벌금형을 받았는데 자신의 형 시효 완성 일자를 너무나도 정확하게 알고 숨어 다녔다. 5일만 지나면 시효가 완성되는 것을 알고 있으면서, 말로는 조만간 틀림없이 벌금을 납부하겠다고 큰소리치며 수사관들을 기만하고 있었다.

며칠에 걸친 고된 준비 작업을 마쳤다. 그 사이 사무실을 지키던 행정관도 자리를 옮겼다. 새로 온 수사관만을 사무실에 둘 수가 없어서 업무를 마감한 오후가 되어서야 함께 출장길에 올랐다.

나는 행정관이 운전하는 차 조수석에 앉아 아침에 받은 문자를 토대로 도망자 두 명의 동선을 머릿속에 그렸다. 먼저 강태호가 있을 만한 곳을 특정하고 그곳에서 강태호를 검거한 후에 가까운 교도소에 넣는 시간, 저녁을 먹는 시간, 다시 송민철이 위치한 곳으로 가서 검거하고, 그를 가까운 교도소에 집어넣고 집으로 돌아오는 시간을 계산하니 새벽 3시경이 될 거 같았다. 새벽 3시에나마 집으로 돌아와 침대에서 잠을 잘 수만 있다면 감사한 일이다.

강태호와 송민철이 검거되는 즉시 벌과금을 낸다면 시간은 훨씬 단축되겠지만 그럴 가능성은 거의 없다. 시효가 임박한 재산형 미집행자, 고액 벌과금 미집행자가 벌금을 낼 돈을 가지고 있을 리 만무하다.

또 강태호의 위치 정보가 거의 파악되지 않은 게 찜찜했다. 이는 강태호가 수사관의 추적 방법에 대해서 잘 알고 있어 자신의 위치가 드러나지 않도록 핸드폰을 용의주도하게 사용하는 치밀한 사람이라는 것을 말한다. 하지만 시효가 이틀밖에 남지 않은 상황이라 어쩔 수 없이 형 시효 완성 소멸 보고서를 쓰는 상황이 된다면 그에 대한 검거 출장 사실 하나라도 있어야 그나마 변명거리라도 될 거 같아 출장이라도 나서야 하는 것이다. 물론 꼭 잡을 수 있기를 간절히 희망하면서.

부지런히 차를 달려 자유로를 통과했을 때는 오후 6시가 막 넘었다. 목적지인 파주 모처에 도착했지만 허허벌판에 공사 현장만 가득한 곳이었다. 많은 공사 현장 중에서도 전달받은 위칫값을 기반으로 그를 잡아야겠다고 염두에 둔 곳은 철도 공사 현장이었다. 인적이라고는 당일 일을 끝내고 현장을 떠나는 인부 몇 명이 다였다. 답답한 마음뿐이었다.

검찰청에 근무하는 수사관은 제법 많은 정보원을 두고 있다. 정보원을 통해 강태호가 목수 일을 배우지 않았음에도 불구하고 상당한 기술을 가진 목수가 되었다는 말을 들었던 터였다. 목수라는 단서와 기지국 주변의 거리 지도에 공사 현장이 많다는 단서가 일치했기에 출장을 감행한 것이다. 도망자에 대한 것을 모두 머리에 담아 두고 있는 것은 현장에서 유익하다.

당초 계획대로 철도 공사 현장에 들러 외주업체에 근무하는 1

천여 명의 외주 노동자 명단을 확인했다. 강태호는 찾을 수 없었다. 규모가 큰 회사에서 일하고 있을 것이라고 생각했는데 아니었다. 작은 회사에 소속된 외주 노동자라면 그 일대 모든 회사를 탐문하는 것만이 유일한 방법이다.

이대로 실패를 인정하고 다음 장소로 이동해야 하나 고민했다. 사실 문자로 받는 위칫값은 실제 위치와는 차이가 날 수밖에 없다. 위칫값 수치로는 아주 작은 숫자지만 실제 거리로는 2킬로미터 이상 차이가 날 때도 있었다. 실제와 딱 맞아떨어질 때는 운이 좋은 경우뿐이다.

그렇게 주변 공사장 십여 곳을 탐문했다. 하지만 강태호는 여전히 오리무중이었다. 그 사이 송민철은 내가 예견한 동선대로 양주로 움직이고 있었다. 예상치 못한 탐문을 하느라 시간이 지체되었다. 이곳에서 더이상 시간을 지체하고 있을 수가 없었다. 어쩔 도리 없이 강태호를 포기하고 송민철을 잡기 위해 양주로 이동해야 하는 상황이 되어버렸다. 그간 위치 추적까지 동원한 검거에서는 단 한 번도 실패한 적이 없었기에 망연자실했다.

아쉬운 마음을 추스르고 양주로 향하기 직전 강태호와 연락했던 사람들에게 전화 몇 통화만 더 하고 가기로 했다.

"강태호, 요즘 어디 가 있어? 일거리 좀 주려고 하는데 통 연락이 안 되……요."

이럴 때는 노가다 십장의 말투를 흉내내야 한다. 존칭을 하는 듯, 말을 놓는 듯, 무심한 듯, 강태호를 신경 쓰는 듯…… 연극이 필요한 순간이다.

"요즘 파주 쪽에서 일하는데, 거의 일이 끝났다고 하던데……"

"잘됐네, 요즘도 아직 그 일 하시지……요?"

"교각 일요? 아직 하는가 봐요. 배운 게 그 기술이니까."

전화를 이어가던 도중 뜻밖의 정보를 알아냈다. 파주로 들어오면서 스쳐 지났던 교각 공사 현장이 떠올랐다. 그 현장은 처음 전달받은 기지국 위치와 너무 멀리 떨어진 곳이었다. 이리 넓은 지역을 커버하는 기지국이 있다는 사실에 놀랐다.

마음을 다잡고 강태호에게 전화를 걸었다.

"검찰청 최길성 수사관입니다."

"아, 왜 자꾸 전화혀. 돈 낼 여유가 없단 말이여."

"여기 파주 교각 공사 현장이에요. 시효가 곧 완성된다는 거 알고 계시잖아? 그러니 내가 왔지. 내일 아침 동료들 모두 있는 곳에서 수갑을 채워야 하는 내가 마음이 다 아프네."

사실상 허풍이었다. 내일 자정에 시효가 완성되기는 하지만 오늘 이곳에서 자고 내일 아침에 다시 올 수는 없었다. 그러나 허풍이라는 사실을 들켜서는 안 됐다. 강태호가 꼼수를 쓸 틈을 주지 않기 위해 곧장 밀어붙였다.

"오후에 공사하는 거 다 보고 있었어요. 교각에서 목공일하고 있던데요. 갑자기 수사관이 나타나서 놀라서 떨어지기라도 해봐. 내가 상주 노릇하게 생겨서 가만있다가 다른 사람 교도소 보내고 다시 온 거예요. 선택하세요. 내일 와요?"

그 말을 끝으로 내가 웃음을 흘리자 전화기 건너에서는 의미심장한 침묵이 이어졌다. 검찰 수사관으로 일하며 갈고 닦은 본능이 말해 주었다. 해냈다. 천만 원을 벌었다. 아니 국고에 넣었다.

"입금하겠습니다."

입금할 계좌번호를 알려주고 강태호 건은 그렇게 소동 없이 마무리되었다.

곧장 송민철이 이동중인 양주로 향했다. 시간은 어느새 밤 11시가 되었다. 송민철이 숙소로 이용하는 내연녀의 집앞에 도착해서 입을 벌리고 기다리고 있는데 그가 우리가 대기하고 있는 곳으로 접근한다는 메시지가 왔다.

나는 차에서 내려 내연녀 집앞에 섰다. 멀리서 송민철이 걸어오는 모습이 보였다. 그는 나와 눈이 마주치자 아무렇지 않은 척 몸을 돌려 인근 아파트로 들어갔다. 내가 빠르게 뒤쫓자 송민철은 계단을 달려 올라가기 시작했다. 함께 온 행정관은 엘리베이터를 잡아타고 맨 꼭대기층으로 향했고 나는 송민철을 따라 계단을 뛰어 올라갔다.

그렇게 헐레벌떡 꼭대기층에 도달하니 행정관은 앞니 두 개가 부러진 채 피 흘리며 서 있었다. 송민철은 사시나무 떨듯 몸을

떤 채로 수갑이 채워져 있었다. 아차, 싶었다. 나이 많은 행정관이 송민철에게 맞았나 싶었다. 그렇다면 공무집행 방해 혐의로 추가 입건해야 하는 상황이다. 하지만 그것은 기우였다.

엘리베이터로 올라간 행정관은 송민철이 먼저 도착해 집으로 들어간 것으로 오해하고 급한 마음에 다짜고짜 송민철 집 문을 밀치는 와중에 머리를 문에 들이받아 이빨이 부러진 것이었다.

"남자가 5백만 원 때문에 도망 다녀서야 되겠어요?"

"누가 몇 년만 버티면 안 내도 된다고 해서. 그런데 벌금 때문에 검찰청에서도 잡으러 나와요?"

"보세요. 나오잖아요."

송민철은 무서운 속도로 따라 올라온 나 때문에 벌벌 떨었다. 그러면서도 안일한 소리를 하는 모습에 나도 모르게 헛웃음이 나오고 말았다.

"그냥 공무원들 열심히 일한다고 생각해 주세요."

"죄송합니다. 앞으로 반드시 날짜 지켜 낼게요."

다음을 기약하며 은근슬쩍 빠져나가려는 비겁한 모습에 더는 대화하고 싶은 마음이 들지 않았다. 하지만 끝까지 친절을 잃지 않으면서, 그러나 그가 꼭 알아야 하는 사실을 말해 주었다.

"하하, 앞으로는 죄를 짓지 말아야지요. 다시 이런 일 있으면 안 되겠지요."

그에게 두 번은 없다는 사실을 상기시킨 뒤 입금까지 받아내고 나서야 나와 행정관은 다시 차에 올랐다. 집으로 돌아오니 예상과 한치의 오차도 없이 새벽 3시였다. 강태호 탐문으로 지체한 탓에 교도소 집행이 없었음에도 시간이 줄지 않았다. 몸은 피로했지만, 하루에 두 건이나 종횡무진 일을 처리하고도 집으로 돌아와 잠을 청할 수 있다는 사실에 감사하며 침대로 쓰러지듯 누웠다.

우리나라 재산형 집행률은 65%가 채 되지 않는다. 경찰에서 조사를 해서 송치를 하고, 검찰에서 추가로 조사해서 기소를 하고, 법원에서 재판을 한다. 그렇다면 10건 가운데 3.5건은 집행 가능성이 없는데 헛일을 하고 있는 것이다. 심각한 비용 낭비다. 그래도 우리는 집행이 되지 않을 수도 있는 사건을 현재도 수사하고, 기소하고, 재판하고 있다.

하루 세 명 검거

“아빠는 왜 잠만 자?”

아침도 거른 채 내처 자고 있는데 딸아이의 원망하는 투정이 들렸다. 집에 있는 날이면 일찍 일어나 자기와 놀아달라는 푸념이다. 해가 뜨기도 전에 출근해서 다음 날 어스름 때가 되어서야 퇴근하는 아빠가 그동안 얼마나 야속했을까. 딸아이의 마음을 헤아리고 정신을 차리려고 기지개를 켰다. 그 순간 침대 옆 테이블에 올려둔 핸드폰이 울렸다.

핸드폰을 잡자 딸아이가 아까보다 더 반짝거리는 눈으로 나를 살폈다. 일종의 감시다. 집에서 전화를 받을 때는 공손하게 받아야 한다. 행여 불쾌한 목소리나 상스러운 말이 나오면 아이들의 잔소리가 쏟아지기 때문에.

"엽대여~"

어느 순간부터 공손함을 넘어 살가움까지 강요하기 시작한 아이들 등쌀에 나도 모르게 혀 짧은 소리를 내며 전화를 받는다.

"네, 최 수사관님이시죠? 저는 강경호(가명) 친구인데요. 어제 뵈었던…… 친구들이 돈 모아서 그 녀석 벌금을 납부하려고 합니다. 계좌번호 좀 주세요."

국고 계좌번호를 알려주고 어제 일을 생각했다. 입꼬리가 올라가며 기분이 좋아졌다.

검찰 수사관으로 일을 하면서 생긴 징크스가 있다. 그건 어떤 느낌에 관한 것이다. 가령 꿈에서 아버지를 만난 날이면 이상하게 일이 잘 될 것 같은 느낌이 든다. 아버지는 내가 입사하기 여섯 달 전에 돌아가셨다. 꿈에서 느낌이 좋았던 날 출근해 보니 그간 골치 썩이던 시효 임박 재산형 미집행자가 간밤에 술을 먹고 행패를 부리다가 술집 주인의 신고로 지구대에 잡혔다는 소식을 듣게 되는 경우가 그렇다.

이번 달에 시효가 완성되는 건수는 모두 15건이었다. 수천 만원이 넘는 고액 벌과금 6건은 이미 검거를 했고, 한 명은 어쩔 수 없는 사정으로 분납을 요청했는데 받아들여져 대상에서 빠져나갔다. 또 한 명은 오늘내일하며 죽음을 목전에 두고 있어 검거 대상에서 밀려났다. 남은 일곱 명에 대해 소재 파악을 하던 중 도저히 찾을 수 없는 네 명은 시간 여유가 있어 다른 방법을 사용해 추적하기로 결정을 내렸다. 최근 내 실적은 소멸률 제로이기에 네 명도 곧 잡을 것이라고 확신하고 있었다. 조금 더 효과적인 방법으로 미집행자들을 잡을 방법을 모색하고 있는 중이었다.

위치가 대략 파악된 미집행자 세 명의 동선을 잘 계획해 검거하는 것이 오늘의 목표다. 모두 사문서 위조와 사기 등의 죄를 저지르고 550만 원에서 600만 원 사이의 벌금형을 선고받고 납부하지 않아 도망자가 된 사람들이다. 시효가 거의 끝나가는 미집행자도 있었다. 그들 중 한 명은 이미 다른 건으로 시효 완성을 경험하기도 했다.

사실 건당 천만 원이 안 되는 재산형을 집행하기 위하여 장거리 출장을 결심하기에는 어려움이 있었다. 하지만 실시간 위치 추적 정보를 예의 주시하며 세 명을 효과적으로 한꺼번에 검거할 타이밍을 기다렸다.

한데 그 고민이 멋지게 해결될 조짐이 엊그제부터 나타나고 있었다. 통신사에서 보내 오는 실시간 위치 추적 문자는 세 명이 각각 내가 원하는 위치에 모여들고 있다고 알려주고 있었다. 나는 출장을 결정했다. 전주, 수원, 용인 세 곳이다.

예상대로 내가 원하는 위치에 모인다면 하루의 출장으로 세 명 모두 검거하고 교도소에 넣는 이동시간까지 계산했다. 예상치 못한 상황이 발생할 수 있기에 굳이 성공 가능 점수를 매기자면 88점 정도이다. 평소라면 90점이 넘어야 출장을 가지만, 다행히 꿈자리가 좋아서 감을 믿고 출발했다. 게다가 늦게 복귀한다고 해도 다음날이 토요일이라 낮에 쉬면 되니 한결 부담이 줄어든 상태다.

출발 30여 분 후, 제일 먼저 검거할 계획이었던 용인의 강경호가 예상을 깨고 서울로 향하고 있다는 고약한 정보가 문자창에 떴다. 시작부터 이런 상황에서 함께 움직이는 행정관에게 꿈자리 이야기를 했다간 망신만 당할 것 같았다. 프로답게 얼른 계획을 변경해 강경호는 돌아오는 길에 처리하기로 하고, 일단 수원으로 방향을 바꿨다.

또 다른 미집행자 최상호(가명)는 대략 수원 인근에서 활동중인 것을 확인했다. 통화 내역을 통해 최상호가 주로 이용하는 중국집을 알아냈고, 그곳에 도착해 최상호의 인상착의와 거주지를 파악해 곧장 거주지로 가서 검거했다. 검거되는 순간까지도 그는 어떻게 알고 찾아왔냐고 끈질기게 물어댔다. 그런 시시콜콜한 것까지 자상하게 응대할 여유가 없었기에 한마디로 일축하고 벌금 납부를 하든지 따라나서든지를 재촉했다.

"지금 벌금을 내지 않으면 저희랑 같이 교도소에 가야 합니다."

같이 가야 한다는 말이 무엇을 뜻하는지 아주 잘 아는 듯, 입을 꾹 닫고 곧장 은행으로 가서 검찰청 국고 계좌로 미납금 550만 원을 송금했다. 돈이 있으면서도 버티고 있었던 것이다.

최상호가 교도소까지 가지 않아 약간의 시간을 벌었다. 사실 550만 원은 적은 돈이 아니다. 잡히는 순간 벌금을 납부하는 사람은 그리 많지 않다. 깔끔한 해결 덕분인지 아침에 찾아온 느낌에 긍정적인 분위기가 더해지는 듯했다.

곧장 이영달(가명)이 있을 것으로 추정되는 전주로 향했다. 모텔이 많은 동네였다. 이영달이 주로 이용했다는 식당에 도착했다. 음식점은 하루에 3백 건 이상 주문이 들어오는 매우 분주한 가게라 사장은 사진을 보여주어도 알아보기가 불가능하다고 말했다. 종업원들도 모르는 사람이라며 고개를 저었다.

"그럼 녀석이 8월 5일, 13일, 15일에 주문을 했으니 3일이 중복된 곳을 찾으면 되겠네요."

함께 간 행정관이 거들었다. 든든한 행정관 덕분에 사그라들던 의지가 다시 팔팔하게 살아났다. 잘 정리된 주문 장부에서 중복된 주문처를 찾아보니 3일 모두 주문한 곳은 네 곳으로 압축되었다. 9백 건 중에서 네 곳으로 정리한 것 자체가 놀라운 성과지만 우리에겐 녀석이 있는 정확한 한 곳의 위치가 필요했다. 게다가 네 곳 모두 기지국 반경 5백 미터 안에 위치해 있어서 한 군데를 특정하기 매우 어려워서 또 한 번의 좌절감이 몰려왔다.

"또 한 번 느낌을 믿어보실래요?"

고개를 푹 숙인 내게 행정관은 농담조로 말을 던졌다. 동료가 있다는 든든함, 아침에 선물처럼 찾아온 좋은 느낌, 까딱하면 망각할 뻔한 소중한 것들을 떠올리며 다시 기운을 차렸다.

곧장 차에서 택배회사 유니폼을 꺼냈다. 잠복이나 탐문수사할 때를 대비해 택배회사 복장을 항상 챙겨놓고 있었다. 택배상자도 물론 챙겼다. 네 곳 중 먼저 유력한 곳으로 가서 벨을 누르자 누군가가 대답을 했다. 택배가 왔다고 하자 주저없이 문이 열렸다. 이영달이 나타났다. 택배 상자가 없는 것을 보고 의아한 표정을 짓는 이영달에게 지체하지 않고 인적 사항을 물었다. 이런 대박이 있다니. 25%의 확률도 정확하게 맞아떨어졌다. 나도 놀라고 이영달도 놀랐다.

"여기를 어떻게 알고 오셨어요?"

지인 중 여기를 알고 있는 사람이 없고 친인척, 심지어는 부모님도 자신이 여기에 있다는 사실을 모르는데 어떻게 알고 찾아온 건지 도통 모르겠다는 표정을 지었다.

하지만 그는 궁금증을 해결하기 전에 미납 벌금액을 토해내야 할 의무가 있었다. 그렇지 않으면 지금 함께 가야 한다고 말하자, 이영달은 사색이 되어선 곧장 미납금 6백만 원을 검찰청 계좌로 송금했다. 원래는 재판정에서 벌금 천만 원을 선고받고 즉시 석방이 되었는데 재판 받는 동안 교도소에서 있었던 기간만큼을 벌금액에서 4백만 원을 공제받고 6백만 원이 미납된 상태였다. 공제액은 개인마다 다르고 과거와 현재가 다르다.

마지막으로 강경호만 남았다. 나는 강경호가 서울에서 빠져나와 다시 용인으로 와주길 바라는 마음과 한 건만 남았다는 긴장감 속에서 강경호가 주로 활동하는 용인의 모처에서 대기하고 있었다. 통신사에서는 녀석의 움직임을 부지런히 문자로 보내왔다. 드디어 문자는 녀석이 내가 찍어놓은 거주지에 들어갔다고 알려왔다. 다음 문자가 오기를 기다려야 한다. 두 번 연속해서 한 기지국에서 오는 문자를 확인해야 정보가 확실해진다. 문자를 받고 곧바로 들어갔다가는 낭패를 볼 수 있다. 문자는 십 분 전 기지국 사용내역을 보내오는 것이므로 녀석이 금세 현장을 떠난다면 무용지물이 된다.

승용차에 붙어 있는 연락처에는 그동안 추적했던 전화번호가 적혀 있었다.

"0000번 차주 되시죠? 차 좀 빼주시겠어요?"

"내 차? 주차장에 제대로 세워놨는데 당신이 뭔데 빼달라고 해?"

"아 죄송합니다. 초보운전이라 차를 못 빼겠어요."

전화를 끊기도 전에 멀리서 남자 한 명이 걸어왔다. 그런데 내가 잡아야 할 강경호의 인상착의와는 달랐다. 그는 강경호의 지인으로 휴대폰은 추적에 혼란을 주기 위해 강경호가 사용하라고 준 대포폰이었다. 낭패였다. 이 남자가 강경호의 지인이라면 우리가 돌아가고 난 뒤에 녀석에게 수사관들이 잡으러 다닌다는 소식을 전할 것이 분명했다. 결국 부탁을 가장한 위협을 할 수밖에 없었다.

"검찰청에서 나왔는데 강경호한테 얼마 안 되는 벌금이 있어요. 납부해 달라고 전해주세요. 늦은 시간에 저희가 또 와야 하잖아요. 그런데 강경호는 지금 어디서 생활해요?"

"수원에서 일한다고 하던데요."

수원이라는 중요한 정보를 얻은 뒤에도 나는 계속 얼마 안 되는 벌금이라는 당근과 검찰이 연관돼 있다는 채찍을 번갈아 사용하며 강경호의 지인을 설득했다. 우리가 왔다간 것을 말하지 말라는 당부까지 하고 나서야 발길을 돌렸다. 강제성이 없는 그저 그런 당부.

나는 차에 타자마자 지인의 통화내역을 뒤졌다. 발신기지국과 수신기지국이 수원인 전화번호를 찾았다. 찾아낸 그 번호들의 가입자 인적사항에서 주민 등록지를 찾았다. 내 경험상 모든 단서는 수사기록에 있다. 우리가 수사를 헤쳐 나가지 못하는 이유는 수사기록을 자세히 보지 않기 때문이다.

그렇게 한 시간 동안 기록을 뒤지다보니 수원과 개연성이 있는 네 곳이 나왔다. 어느 새 시간은 저녁 10시에 가까워지고 있었고, 행정관의 어린 딸이 아빠의 귀가 시간이 궁금한지 전화를 걸어오기 시작했다.

"가요? 말아요?"

행정관에게 물었다.

"최 수사관이 결정해."

그는 내게 선택권을 일임했다. 이런 상황이면 내 대답은 언제나 똑같다.

"나야 당연히 가죠."

유력한 주소지에 도착해 주변 편의점과 식료품점을 탐문했다. 하지만 본 적 없는 사람이라는 답만 돌아올 뿐이었다. 터덜터덜 다음 곳으로 향하려고 할 때 이제껏 불이 꺼져 있던 주소지 창문에 불이 들어왔다. 일반적이라면 잠을 자기 위해 불이 꺼져야 할 시간에 마치 누군가를 기다리고 있는 것처럼 불이 켜진 것이다. 이번에는 TV 소리까지 들리기 시작했다.

대리운전 일을 끝내고 돌아오는 시간은 새벽이므로 지금 집 안에 있는 사람은 강경호의 귀가를 기다리는 동거인이 틀림없을 것이라고 확신했다. 강경호가 나타날 시간을 2시 반 정도로 예상하고 잠복을 시작했다. 시간은 더디게 흘렀다. 출출해진 탓에 편의점에서 컵라면과 잡다한 것을 사서 야식을 먹었다.

그렇게 2시 반이 가까워졌다. 드디어 우리가 감시하던 주소지의 창문이 열리더니 누군가 나타났다. 그리고 우리 정체를 눈치채기라도 한 것처럼 우리 쪽을 뚫어져라 바라보다가 이내 불을 끄고 암흑 속으로 사라졌다. 이후 새벽 4시가 될 때까지 강경호의 인상착의를 한 자는 나타나지 않았다.

"노출되었네요. 철수해야겠습니다."

좋은 느낌의 행운이 하루 세 건까지는 도와주지 않는다는 씁쓸함 속에서 차를 돌려 귀가해 잠을 청했고, 딸아이의 원망 섞인 소리에 잠을 깬 것이다.

처음에는 어제 아침의 좋은 느낌이 하루 세 건을 전부 해낼 수 있도록 나를 도왔다고 믿었다. 하지만 주말이 지나 월요일 출근해서 알아보니 그 뒤에는 함께 갔던 행정관의 노력이 숨어 있었다. 잠복에서 돌아온 동료는 마지막 건을 놓쳤다는 아쉬움에 잠이 오지 않아서 급기야 다음날이 쉬는 날임에도 불구하고 아침 일찍 출근해서 우리가 잠복했던 주소지 인근 지구대로 연락해 집행을 부탁했다.

지구대는 호의적으로 출동을 했다. 하지만 오전에는 강경호가 귀가하지 않아 검거를 하지 못하고, 바로 그날 오후 한 번 더 출동을 해서 마침 귀가해 있던 강경호를 검거하는 데 성공한 것이다. 또 검거된 강경호를 돕기 위해 친구들이 돈을 모아서 담당자인 나를 찾아 벌금을 송금하겠다는 전화를 한 것이다.

전날 아침부터 시작된 좋은 느낌이 세 건의 고된 집행을 거쳐 다음날 아침까지 내게 전해졌다. 좋은 동료, 일에 대한 헌신, 포기하지 않는 마음. 좋은 느낌은 한순간이지만 그것이 이루어지기까지 많은 도움이 있었다는 사실을 실감하며 딸에게 웃음 지어 보였다. 아이는 천진하게 따라 웃었다.

해외에서 중단되지 않는 형의 시효

자유형 미집행자 박미현(가명)은 곗돈 사기로 수억 원을 꿀꺽 삼켰다. 목돈을 마련하고자 하는 서민들이 신뢰를 기반으로 운영하는 계모임에서 지인들을 대상으로 사기를 친 것이다. 피해자들의 고소로 수사가 시작되고 재판이 진행되었다. 박미현은 수사과정과 재판과정에서 피해 회복 노력을 보이지 않았고 앞으로도 피해자들에게 돈을 갚을 의사가 전혀 없어 보였다.

박미현은 법정 구속이 될 것 같으니까 더이상 재판에 출석하지 않았다. 그러던 중 외국으로 도망가 공소시효 기한까지 구속되지 않으면 형을 살지 않아도 된다는 이야기를 듣고 철저하게 준비해서 결국 외국으로 도망갔다. 그녀가 도망간 후에 예상한 대로 징역 2년이 선고되었다.

나의 전임자, 그 전임자의 전임자, 그 전임자의 전임자의 전임자들은 고생한 보람도 없이 자유형 미집행자 관리 카드에 박미현이 외국으로 나갔다는 사실만 기록해 둘 수밖에 없었다. 전임자의 기록을 훑어보던 중, 단 한 줄 눈에 띄는 정보가 있었다. 박미현의 여권 유효 기간이 만료되었다는 것이었다.

지금과 달리 당시에는 미집행자가 국외에 나가 있는 동안 형의 시효를 중단하지 않았다. 외국에서 형의 시효가 끝날 때까지 도피 생활을 지속할 경우 어쩔 수 없이 시효가 완성되어 형을 집행할 수 없는 실정이었다. 이것이 전혀 효율적이지 못하다는 실무진의 의견과 여러 논의 끝에 2014년부터 외국에 있는 동안에는 시효가 중단되었다. 즉, 외국에 나간 경우는 그 기간만큼 시효가 중단된다.

덕분에 아무리 외국으로 도피해도 국내로 들어오지 않는 이상 시효가 완성되지 않게 되었다. 그러니 선택지는 하나밖에 남지 않는다. 국내에서 도망 다녀야 하는 것. 하지만 2014년 이전에는 외국으로 도피한 미집행자를 잡기도 힘들었고, 기한도 중단되지 않아 시효가 끝나는 걸 속수무책으로 그냥 지켜보고 있을 수밖에 없었다.

박미현을 어떻게 해서라도 잡고 싶은 마음에 백방으로 연고

자를 찾아다니다 어렵사리 국내에 거주하는 그녀의 어머니를 찾았다.

직접 찾아가 본 박미현의 어머니는 깊숙한 산속 계곡 바로 옆에 있는 다 쓰러져가는 집에서 살고 있었다. 한눈에도 형편이 매우 어려워 보였다. 그러나 그녀의 어머니를 찾아도 외국으로 도피한 박미현을 잡기엔 역부족이었다.

박미현과 관련된 사소한 것이라도 모두 보고서로 정리라도 해놓아야겠다는 마음에 자주 찾아가기 시작했다. 낡고 허름한 집에서 노인이 홀로 지내는 게 걱정되어서 갈 때마다 롤케익이나 두유 등을 사갔다. 어느 순간부터는 그 집에 가는 게 좋아질 정도였다. 박미현의 어머니도 다음에는 언제 오느냐고 물어볼 정도가 되었다. 집 바로 옆에 계곡이 흘러서 가는 길에 계곡물에 잠깐 발을 담그고 올 수 있었다.

박미현 어머니가 이야기한 내용을 토대로 이런저런 질문을 하면서 보고서에 쓸거리를 준비했다. 그렇게 서너 번 정도 방문했을 때였다. 계속 같은 대답만 하는 게 미안했는지 얼마 전에 박미현에게서 전화가 왔다고 했다.

눈이 휘둥그레진 나는 곧장 통신영장을 신청해서 통화내역을 뽑았다. 마침내 박미현이 미국에 있다는 것을 알아냈다. 이 정보를 토대로 여러 곳에 전화를 돌린 끝에 LA에 거주하고 있다는 것까지 특정해냈다. 곧바로 LA 영사관에 전화를 해서 자초지종을 설명했다. 이후 경찰청 파견 영사와 연결이 되어 마침내 박미현 검거에 성공했다. 그런데 검거를 진행한 영사가 그녀를 계속 데리고 있기 힘들다는 말을 하기 시작했다. 난감하게도 미집행자를 집어넣고 감시할 곳이 없었던 모양이었다. 2000년 초반 당시에는 범죄인 인도 조약이라는 말이 생소했고 어떤 절차로 진행이 되는지 아는 사람도 그리 많지 않을 때였다.

그 탓에 나는 박미현과 직접 통화를 하기 시작했다. 여권 유효기간이 만료되었으니 더 이상 도망 다니기는 힘들 것이라며 자진 입국을 권유했다. 눈치 빠른 박미현은 한국 검찰에서 자신을 강제로 데려갈 수 없다는 것을 알았는지 이런저런 변명을 대면서 빠져나갈 궁리를 하는 듯 보였다. 가장 어이가 없었던 거짓말은 교통사고가 나서 한국에 올 수 없다는 것이었다.

미집행자의 태도에 왠지 불안해지기 시작했다. 그리고 불길한 예감은 어김없이 들어맞아 파견 영사를 잘 설득해 조금만 더 박미현을 감시하기로 겨우 합의했을 때였다. 영사의 감시가 허술한 틈을 타 박미현은 탈출해 알래스카로 또 한 번 도주하고 말았다. 신병을 확보하고도 속수무책으로 놓쳐버린 것이다.

이 내용을 상부에 보고했는데 외국으로 도피한 미집행자를 검거하기 위해 적극적으로 집행을 한 모범 사례에 선정되어 우수청으로 선정되었다. 어찌 됐든 형을 집행하기 위해 여러 모로

애쓴 것을 인정받은 것 같았다.

사실 내 입장에서는 뜻밖의 소득이었다. 나는 초등학교, 중학교, 고등학교 학창시절 12년을 통틀어서 학교에서 세 번 상을 받았다. 초등학교 6년 개근상 하나, 중학교 3년 개근상 하나, 고등학교 3년 개근상 하나가 그것이다. 성적 우수와 관련된 상은 전혀 받은 적이 없다. 그림을 잘 그리거나 피리를 잘 부는 것 등 예체능 실기 대회에서조차 상을 받은 적이 없다. 오로지 개근상 세 개가 전부인 내가 일 잘한다고 인정받아 우리 청이 검거 우수청에 선정이 된 것은 경사에 가깝다.

그저 내 어머니와 비슷한 연배의 박미현 어머니가 홀로 지내는 것이 안쓰러워 이런저런 먹거리를 사서 방문했을 뿐인데 말이다. 또 한 번의 도피 후 박미현의 시효는 완성되었을 것이 분명하다.

인생사 새옹지마라는 말의 깊은 뜻을 이해할 수 있었다. 비록 미집행자는 놓쳤지만, 해외 도주 미집행자의 시효 중단에 미약하게나마 기여를 한 것 같기 때문이다. 알래스카까지 도망을 간 박미현은 지금 무엇을 하고 있을까.

철원은 기지국이 하나다

6개월 전부터 전화로 미납 사실을 고지했던 미집행자가 있었다. 김병일(가명)은 백만 원 안팎으로 내야 할 벌금이 7건이 있었다. 모두 합하면 천만 원 가까이 되는 벌금을 내야 했다. 그는 주로 재물 손괴, 협박, 모욕 등 양아치 범죄를 저질렀다. 구속이 되지 않고 곧바로 서류재판으로 약식기소(공판을 열지 아니하고 서면심리에 의하여 재판하는 것)된 것으로 보아 죄질이 좋지는 않으나 영장을 청구할 정도로 과하지 않게 범죄를 저지른 것이었다. 한 곳에 정착해서 살지 않고 전국을 돌아다니며 노가다 팀장을 하는 흔적이 사건 기록에 고스란히 담겨 있었다.

나는 이런 사람들을 양아치라고 부른다. 힘 있는 자들에게는 비굴하게 굽신대고 힘 없는 자들에게 거침없이 욕을 해대고 협박하고 함부로 물건을 깨부수는 양아치. 형을 집행하는 순서를 정할 때 범죄 사실을 자세히 읽는데 이 녀석은 양아치가 맞았다. 당연히 나의 일순위 타겟이었다.

벌금을 내라고 끈질기게 전화를 걸었던 6개월 내내 미집행자의 답변은 똑같았다. 돈이 없다는 것. 뻔뻔하게 "벌금도 할부로 내면 안 되나요?" "카드로 내면 안 되나요?" 하며 이죽거렸다. 한마디로 진실한 면이 전혀 보이지 않았다.

요즘은 카드로 벌금 납부가 가능하지만 당시에는 그런 제도가 없었다. 그러나 전국 지명수배가 들어가기 전에 검찰청을 방문해서 사정을 이야기하면 분할해서 내도록 편리를 봐주는 것이 충분히 가능한 때였다. 한데 매번 같은 대답을 늘어놓는 양아치를 그냥 내버려둘 수는 없었다. 김병일은 이런저런 대답과 질문을 반복하면서 어떻게든 벌금은 내지 않으려고 온갖 약은 수를 썼다. 하지만 벌금 납부에 예외라는 것은 없다. 무조건 한 번에, 직접 내는 것이 원칙이다. 그렇지 않으면 내가 잡아서 교도소에 집어넣는다. 그것이 나의 일이다.

나는 추적을 시작했다. 그런데 무언가 이상한 낌새가 보이기 시작했다. 실시간 위치 추적 3일째로 접어들던 시점이었다. 김병일의 움직임이 보이지 않았다. 같은 건물 안에서 한 층만 올라가도 위칫값이 변하는 걸 수없이 보아온 탓에, 전혀 변화가 없는 김병일의 위칫값은 도무지 이해가 가지 않았다.

어떻게 3일을 내내 한자리에 머물 수가 있을까? 의문 속에서 위칫값이 바뀌는 때를 기다리던 중 팩스가 하나 도착했다. 김병일과 통화한 상대방 가입자의 인적 사항이었다. 천천히 그 기록을 읽는 도중 내 두 눈을 의심했다. 한 집 건너 한 집과 통화를 한 것이다. 나도 모르게 욕이 저절로 튀어나왔다. 428번지, 429-2번지, 430번지. 통화 내역 상대방의 가입자 주소지였다. 뜻밖의 기상천외한 상황에 검거에 대한 자신감이 점점 쪼그라들었다.

김병일이 있는 마을이 좁아서 위칫값 중 높이는 고정되어 나타난 것이라고 그럴 듯한 가설을 세웠다. 마을이 그토록 좁디좁다면 잠복을 위해 들어가면 낯선 내 존재가 금방 드러나서 삽시간에 소문이 퍼질 것이 분명했다. 잠복조차 쉽지 않은 상황이었다. 당연히 그 사실을 귀신같이 눈치채고 김병일이 도주할 가능성도 높았다. 난감했다. 그럼에도 내게 남은 방법은 잠복과 탐문뿐이었다.

마침 그 달은 성과 평가달이기도 했다. 15건 내외로 승부가 갈리는 상황이라 한 건 한 건이 아쉬웠다. 다급한 마음에 밥맛도 달아나 아침 일찍 출장을 올리고 점심도 거른 채 후배와 길을 나섰다.

김병일의 얼굴을 사진으로 익히고 나서 6시 전에는 김병일의 근무지로 추측되는 곳, 6시 이후에는 숙소로 추측되는 곳에서 잠복을 하기로 했다. 그렇게 세 시간을 내리 달려 도착한 곳은 대남방송만 없을 뿐 철원 휴전선 철책 바로 아래쪽 언저리였다. 마을은 고즈넉한 분지에 있었는데, 규모는 일반 소도시 같았다. 거기에 20곳이 넘는 공사 현장이 있었다.

우리를 더 당혹스럽게 만든 것은 통신사 기지국의 크기였다. 이제껏 보아온 평범한 기지국이 아니었다. 기지국의 크기는 고층아파트 한 동과 맞먹을 만큼 거대했다. 마을 한가운데 버티고 서 있는 거대한 기지국을 보면서 이곳으로 오면서 세운 계획들이 여지없이 무너져 내리는 것을 느꼈다. 작은 마을이니 조용히 들어가 신분을 노출하지 않고 미집행자 사진과 일치하는 사람을 찾아 검거하자, 이것이 내 작은 계획이었다.

하지만 현실은 녹록지 않았다. 철원은 이제껏 해온 방식이 적용되지 않는 전혀 처음 접하는 환경이었다. 기지국 하나가 대도시의 구 정도를 다 커버하고 있는 지경이었다. 지역은 넓고 사람들은 드문 기지국이 산과 벌판에 둘러싸인 황량한 곳에서 무지막지하게 넓은 범위의 군부대를 포함한 모든 지역을 커버하고 있었다. 더해서 공사 현장도 많다 보니 한 집 건너로 인력사무소 숙소가 있었다. 거기서 일꾼들에게 계속 전화를 걸어대는 탓에 통화내역이 한 집 건너 한 집으로 나왔던 것이다. 이렇다 보니 통화내역과 위칫값은 무용지물이 되었다.

나와 동료 수사관은 한적한 곳에다 주차했다. 수포로 돌아간 계획을 씁쓸하게 삭이며 커피를 마셨다. 이런 곳에서 추적으로 김병일을 잡는다는 것은 그야말로 모래사장에서 바늘 찾기였다. 통화 내역을 조회하고 위치 추적까지 해서 실패한 사례가 하나 늘어날 것 같은 예감이 들었다.

날이 저물며 제법 바람이 쌀쌀해졌다. 몸도 마음도 위축되어 담담히 옷깃을 여미며 한숨만 푹푹 쉬었다. 방법을 모색하고 있는데 우리 앞으로 초등학생 한 명이 지나갔다. 지푸라기라도 잡는 심정으로 아이를 불러 세웠다. 오늘은, 오늘만큼은 김병일이 라면이나 밥이 아니라 빵을 먹어주길 바라는 마음으로, 다른 사람에게 시키지 않고 직접 빵을 사러 오기를 바라는 마음으로, 이뤄질 가능성이 극히 적은 계획과 소망을 품고 아이에게 빵집의 위치를 물었다.

아이가 가르쳐 준 대로 빵집을 찾아가면서도 나는 내가 왜 그런 생각을 했는지 이해할 수 없었다. 뭐라도 하자는 마음에서 무심코 한 행동이었다. 그렇게 망연자실한 채로 걷다 보니 10미터 앞에 빵집이 하나 보였다. 그 앞으로 현장에서 일을 마치고 나온 노동자들이 우르르 몰려 지나가고 있었다.

“야! 일을 이따위로 하면 어떻게 해?”

한 무리의 노동자들 속에서 큰 목소리가 나왔다. 아마도 개중에서 제법 영향력깨나 있는 사람인 모양이었다. 거침없이 울린 목소리의 주인공은 불만이 풀리지 않았는지 계속 무어라 떠들어댔다. 그런데 그 목소리가, 그 톤과 억양이 무척 귀에 익었다. '엥? 그놈 목소리?'라는 영화가 생각나면서 등골이 오싹해졌다.

지난주 위치 추적을 걸기 전에 마지막으로 납부 독촉 전화를 걸었을 때 들었던 김병일의 목소리였다. 친하지도 않은데 자주 오랜 기간 통화를 한 터라서 금방 목소리를 알아들었다. 나도 모르게 발이 먼저 나갈 뻔했지만 가까스로 평정을 되찾고 동료 수사관에 물었다.

"비슷하지 않아?"

나 대신 김병일과 몇 번 통화를 했던 동료 수사관은 나지막하게 말했다.

"예, 그 사람 같은데요."

노동자 무리와 조금 거리를 두고 김병일의 번호로 전화를 걸어보았다. 찰나의 시간이 지나고, 무리 가운데서 누군가의 휴대폰 벨 소리가 울리기 시작했다. 나와 동료는 더욱 숨을 죽였다. 이윽고 누군가가 주머니로 손을 넣었다. 큰 목소리를 떠들던 바로 그 남자. 그가 주머니에서 휴대폰을 꺼내 들었다. 나와 동료는 약속이라도 한 듯 눈빛을 주고받았다. 회심의 미소가 우리 두 사람의 얼굴에 깃들었다.

나는 전화를 끊고 김병일의 뒤를 조용히 따라갔다. 그리고는 한뼘 정도 차이가 났을 때 팔짱을 꼈다. 당황한 김병일은 상체를 뒤틀면서 나를 쏘아보았다.

"지난 여러 달 동안 목소리만 들었는데 얼굴 한번 뵙고 싶어서 제가 이리 왔습니다."

김병일도 나의 목소리를 알아차렸는지 머리를 숙였다.

"죄송합니다. 일이 바빠서."

사람을 많이 잡다 보면 촉이라는 것이 발달한다. 그런 단계가 되면 하루에 세 명도 잡고 네 명도 잡는다. 일수꾼들이 일수가방 들고 시장 돌아다니듯이 돌아다니면 미집행자들이 그 자리에 버티고 서 있는 경우가 많다. 이 정도면 가히 신의 경지라고 말할 수 있겠다.

진짜 죄를 저지른 사람은 누구인가

제주도에서 육지로 돌아오는 비행기 안에서 함께 수사에 나섰던 동료가 말했다.

"지금 집행한 사람이 우리가 찾던 그 김성국이 맞다고 생각해요?"

검거 대상의 신상과 얼굴도 똑같고 주민등록 번호도 일치했다. 갑자기 그런 소리를 하는 이유가 궁금했다. 동료는 검거한 김성국(가명)이 자신의 쌍둥이 형 신분증으로 비행기를 탔다는 사실을 다시 꺼냈다.

두 달 전, 미집행자 한 명에 대한 형이 확정되었다. 김성국은 재판정에 나오지 않은 상태로 징역 1년 형이 선고되어 미집행자가 되었다. 늘 하던 대로 여러 기관에 사실 조회를 보내놓고 회신을 기다렸다. 기다리는 동안 사건 기록을 살펴보았다.

그전까지는 통신 영장을 청구한 뒤 기지국 사용 정보를 통해 실시간 위치 추적을 실시하고 통화 내역을 분석하여 불시에 들이닥쳐 미집행자를 검거해 왔다. 하지만 이제는 누구든 검거할 수 있다는 자신감이 생기기도 했고, 선량한(?) 미집행자, 혹은 수사관의 노고를 아는 협조적인 미집행자에게만큼은 주변을 정리할 시간을 주는 것이 필요할 거 같아 검거 전에 전화를 먼저 하기 시작했다.

당신의 위치를 파악하고 있으며 언제라도 잡으러 갈 것이라고 함으로써, 스스로 찾아와서 벌금을 납부하거나 교도소에 갈 수밖에 없는 상황이라면 신변을 정리할 시간을 주어야겠다는 생각이었다.

다행히 내 전화를 받는다면 이런 나의 인간적인 배려를 받을 수 있겠지만 김성국이 자신 명의의 번호를 해지하고 다른 번호로 변경했다면 그것도 어쩔 수 없는 거라는 생각도 하게 되었다.

김성국의 죄명은 사문서 위조 등이었다. 피의자 신문 조서에서 핸드폰 번호를 찾아내 곧장 전화를 걸었다. 수신음이 네 번 정도 울린 뒤 상대방이 전화를 받았다. 그런데 전화를 받은 상대는 대뜸 자신이 김성국이 아니라 형 김영국이라고 했다. 더해서 김성국의 행방을 묻자 연을 끊고 산 지 아주 오래 되었다는 말을 남기고 쌀쌀맞게 전화를 끊었다.

김성국이 피의자 신문조서에 남긴 번호가 김영국 명의인 것으로 보아 추적을 피하기 위해 가족 명의로 휴대폰을 개통한 모양이었다. 나는 김성국과 김영국, 또 부모 명의로 개통된 전화번호를 모두 찾아냈다. 그중 형 김영국의 이름으로 개통된 번호가 또 하나 있어서 다시 전화를 걸었다. 김영국 명의로 개통된 번호 중 하나는 무조건 김성국이 사용할 것이라 생각했다.

"안녕하세요, 검찰청입니다."

전화를 받은 상대에게 김성국의 신상을 물었다. 하지만 뜻밖의 대답이 돌아왔다.

"아닌데요. 수사관님, 엊그제 저랑 통화하셨잖아요. 저 김영국입니다."

두 개의 번호 모두 김영국이 사용하는 번호였다. 사업을 하는 탓에 번호를 여러 개 쓴다는 것이었다. 총 두 차례 형이라는 사람과 통화한 시간을 메모했다. 그동안의 경험은 김성국 가족의 말을 믿어서는 안 된다고 말해 주었다.

곧장 김성국의 가족이 사는 울산으로 출장을 떠났다. 집 주변을 탐문하던 중 우연히 김성국을 보았다는 제보를 받고 바로 김성국의 집으로 들이닥쳤다. 문을 두드리자 김성국과 똑같이 생긴 건장한 체격의 남자가 나타났다. 그러나 그는 이번에도 자신이 형 김영국이라고 했다. 전화로도 괴롭히더니 집까지 찾아왔냐며 짜증을 냈다. 호적등본에서 김성국에게 쌍둥이 형이 있다는 것을 알고 있던 터라 별 의심을 하지 않고 돌아섰다.

검찰청으로 돌아온 후 다시 김성국 가족 명의로 된 모든 휴대폰 번호에 대해 위치 추적하고 통화 내역도 함께 분석했다. 마침 제주도에서 걸려온 전화번호 하나가 눈에 들어왔다. 통화 내역에 따르면 김영국은 나와 통화를 한 뒤 바로 그 번호와 통화를 했다.

본능적으로 김성국이 제주도에 있다는 사실을 직감했다. 김영국의 말이 사실이라면 나와 통화하고 나서 김성국에게 수사관이 다녀갔다는 사실을 알렸을 거고, 그렇다면 울산에 있는 사람은 김영국, 제주도에 있는 사람은 김성국이 맞을 것이다. 다시 제주도에서 걸려온 번호를 위치 추적하기 시작했다. 여러 정보를 분석해 검거가 가능하다는 확신이 서자 동료와 함께 제주도로 이동했다.

출장 전에 김성국과 김영국의 비행기 탑승 이력도 함께 조회했다. 김성국이 언제 제주도에 갔는지 알기 위해서였다. 확인해 보니 김영국은 김성국에 대한 수배가 걸리기 직전에 제주도로 갔다. 김성국은 제주도에 간 적이 없었고 김영국만이 항공편을 이용해서 제주도로 가서 돌아온 적이 없다.

속된말로 골 때리는 상황이 되었다.

"엥? 이게 뭣이여? 그럼 울산에 있는 사람이 김성국인가?"

울산에 있는 사람이 김영국이 맞다면 김성국은 형의 신분증으로 제주도로 간 것이 분명했다.

그렇게 확신하고 제주도에 도착한 나와 동료는 곧장 김성국을 찾기 시작했다. 그의 주거지를 알 수 있을 만한 곳인 분식집, 세탁소, 부동산을 먼저 특정했다. 부동산은 방을 소개했을 수 있기 때문에 거주지를 알려줄 가능성이 가장 높았다. 먼저 부동산에 들렀지만 때마침 휴무라서 정보를 알아낼 수는 없었다.

분식집은 배달을 하지 않기 때문에 김성국의 거주지를 알고 있을 가능성이 낮다고 생각하고 제쳐놓았다. 불길한 예감 속에서 세탁소로 향했다. 세탁소 주인이 전혀 모르는 얼굴이라고 하자 초조함을 넘어 불안해지기 시작했다. 마지막으로 분식집으로 향했다. 분식집 문앞에는 집안 사정으로 오후에 문을 연다는 안내문이 붙어 있었다.

제주도로 올 때만 해도 탐문할 곳이 세 곳이나 되어 틀림없이 김성국을 검거할 수 있다고 생각했다. 그런 확신이 없었다면 이면 제주도까지 오지 않았을 것이다. 그러나 보기 좋게 실패할 위기에 놓여버렸다. 위치 추적값은 근방이었지만 탐문에 실패한 이상 거주지를 특정하긴 어려웠다.

공원 옆에 차를 세워두고 위치 추적 안내 문자를 살펴보았다. 움직임이 없었다. 그렇게 세 시간 정도 시간이 흐르고 나서야 김성국이 움직이기 시작했다. 하지만 나는 망설였다. 김성국 뒤를 쫓아가면 실패할 확률이 높다는 걸 알고 있었으니까. 마음은 계속 잠복하는 것을 원했으나 발은 이미 엑셀을 밟고 있었다. 그렇게 김성국을 뒤따라 위칫값 근처에 도착해 탐문했으나 김성국은 없었다.

허탕을 치고 돌아와서 분식집이 문을 열기를 기다렸다. 결국 잠복을 시작했던 원래 위치로 돌아온 것이다. 허망함 속에 속절없이 시간이 흘렀고, 마침내 분식집이 문을 열었다. 부리나케 달려간 나는 다짜고짜 김성국의 사진을 내밀었다.

"왜요? 이분 큰 잘못한 건가요?"

분식집 주인은 주저하며 말을 아꼈다. 일말의 희망이 보이는 순간이었다. 아니나 다를까. 분식집 주인은 김성국을 알아보았다. 게다가 바로 분식집 위층에 살고 있다고 말했다.

나는 곧바로 경찰에 지원을 요청하고 김성국이 살고 있다는 집으로 들이닥쳤다. 김성국의 덩치는 매우 컸다. 수갑을 채울 때 옆을 지키던 경찰이 혹시 모르니 뒤로 채우라고 할 정도였다. 하지만 김성국은 완강히 거부했다.

그후로도 김성국은 경찰이 묻는 것마다 꼬치꼬치 말대답을 하며 꼬인 심사를 드러냈다. 검거를 한 후 처리해야 할 절차를 진행하지도 못한 채 경찰과 김성국의 싸움을 말려야 했다. 만에 하나 둘이 멱살잡이라도 한다면 참고인 조사를 받아야 할 판이었다.

겨우 소동을 저지하고 제주 교도소에 김성국을 입감시키고 교도소 정원으로 나왔다. 정원에는 주먹만한 귤이 달린 나무가 서 있었다. 고생도 많고 복잡했지만 밝은 햇살 아래 선 귤나무를 바라보니 마음이 금방 후련해졌다.

그리고 다음날, 육지로 돌아오는 비행기 안에서 동료가 내게 물은 것이다.

"우리가 집행한 사람이 우리가 찾던 김성국이 맞지요?"

한참을 생각했다. 진짜 죄를 저지른 사람은 누구일까. 쌍둥이인 탓에 두 사람을 잘 알지 않고서야 구별하기는 어렵다. 둘이 작정을 하고 상대방 행세를 하기로 했다면 아주 치밀하게 조사하지 않고서야 어려운 일이다.

멀쩡히 연락하고 지내는 동생을 연을 끊고 지낸다고 한 것이라든지, 신분증을 바꿔 들고 다니면서 제주도 행 비행기를 탄 것이랄지, 둘 사이에 뭔가 공모가 있을 수도 있다는 느낌도 들었다. 혹시 나와 통화하고 울산에서 만났던 사람이 김성국이 아니었을까. 연을 끊고 살았다면서 왜 제주도로 도주하는 동생에게 신분증을 빌려준 것일까. 사업을 해서 그렇다지만 두 개의 번호를 사용하는 것도 평범하지는 않았다.

수사관과 두 번이나 통화를 하고 직접 대면을 했을 때도 자신을 김영국이라 했으니, 어쩔 수 없이 남은 사람이 김성국이 된 건 아닐까. 내가 추적을 시작한 후 두 형제가 어떤 이야기를 나눴을지 나로서는 알 도리가 없었다.

아니 애초에 사문서 위조죄는 김영국이 저지르고 김성국이 형의 신분증을 가지고 대신 조사를 받으러 간 것은 아닐까. 내가 교도소로 형을 집행한 사람이 김영국이 아닐까. 이번에는 둘 중 누가 대신 들어가기로 타협이 있었던 것은 아닐까. 상념에 사로잡혀 있는 사이에도 비행기는 점점 제주도로부터 멀어지고 있었다.

옥수수는 언제 먹어야 맛있을까

수사관에게 가장 필요한 건 동기다. 일을 끝까지 해나갈 동기가 없다면, 이토록 험난하고 고단한 업무를 제대로 끝마칠 수는 없을 것이다. 나 또한 내가 하는 업무에서 성취감을 느끼기 위해 노력한다. 상황을 최대한 긍정적으로 받아들이면서 동시에 어떤 실적을 냈는지 명심하는 것이 나만의 방법이다.

검사실의 호출을 받아 권경택(가명)을 검거했던 과정에서도 나만의 성취와 동기를 찾기 위해 노력했다. 검사실에서는 지방 소도시에서 성매매를 알선하면서 엄청난 부와 권력을 누리고 있는 권경택의 검거를 요청했다. 5층짜리 건물 하나를 통으로 업소로 사용해 성매매를 알선할 정도로 사업 수완이 대단한 녀석이었다.

권경택은 수사가 시작되는 낌새를 알아차리기 무섭게 터를 잡고 있던 지방을 떠나 서울로 도망쳤다. 아마도 그의 정보망이 수사 진행을 감지한 모양이었다. 사람들이 많은 곳에서 사람 사이에 숨는 것이 가장 찾아내기 어렵다는 것을 알았는지, 대도시 서울로 숨은 것은 그가 선택할 수 있는 가장 좋은 수였을 것이다. 다만 그를 잡아야 하는 내 입장에서는 여간 골치 아파진 게 아니었다.

수사와 검거를 요청한 검사실에서는 하루빨리 피의자(범죄의 혐의가 있어서 정식으로 입건되었으나, 아직 공소 제기가 되지 아니한 사람)를 검거해 진술을 받아 기소(검사가 특정한 형사 사건에 대하여 법원에 심판을 요구하는 일)하기를 원했다. 권경택처럼 범법적인 일로 막대한 돈을 벌어들인 피의자의 경우, 피의자 구속도 구속이지만 그를 기소해 불법적으로 벌어들인 돈을 국고로 환수하는 것이 더 중요했다. 검사의 실적과도 직결되는 것으로 절대 실패해서는 안 되는 상황이었다.

상황의 급박함과 심각성을 실감하고 제일 먼저 권경택이 사용하는 핸드폰 그리고 가족 명의로 개통된 핸드폰까지 전부 위치 추적을 실시했다. 권경택의 휴대폰 위치는 대부분 서울에서 확인되었는데, 일정 간격을 두고 성매매를 알선하던 지방에서 뜨고 있었다. 최대한 신중하게 그 위치 정보의 주기를 파악해서 마침내 패턴을 파악했고, 동료 한 명과 함께 권경택이 성매매를 알선하는 장소를 급습했다.

예상대로 권경택은 거기 있었다. 치밀한 분석으로 장소를 특정한 덕분이었다. 하지만 어이없게도 건물에 만들어 둔 여러 비밀 출입구 중 하나를 통해 녀석은 눈앞에서 감쪽같이 사라져 버렸다. 권경택이 없는데도 건물에서는 여전히 성매매를 알선하고 있었고, 그곳에서 벌어들인 돈을 가지러 이따금씩 내려왔던 것이었다.

나는 참을성 있게 권경택이 다시 움직이길 기다리며 전략적으로 영업장을 막지 않았다. 다시 수금하러 내려올 녀석을 잡기 위해 덫을 놓은 것이다. 계획은 성공적이었다. 권경택은 다시 그 장소에 나타났다. 위치 추적 정보가 그 장소를 가리키자 지난번처럼 다 잡은 녀석을 인력이 부족해 놓치는 일을 방지하기 위해서 이번에는 경찰관 여섯 명을 지원받아 수색했다. 그런데 권경택은 또다시 나의 손아귀를 미꾸라지처럼 빠져나갔다. 아무리 인력이 많아도 그 건물에서 오랫동안 지내면서 비상 탈출구를 만들어 놓은 녀석만큼 모든 통로를 파악할 수는 없었다.

결국 마지막 방법으로 직접 서울로 가서 잡기로 했다. 그 당시 나는 발바닥 수술을 한 직후라 다리를 절뚝거리며 다녔다. 마치 그런 나를 약 올리려는 것처럼 권경택은 핸드폰을 계속 바꿔

써댔다. 어느 순간부터 실시간 위치 추적은 큰 의미가 없어졌다. 내가 활용할 수 있는 정보는 권경택이 수사관의 정체를 알아채기 전 남겨둔 기록, 과거의 통화내역만 남았다.

실마리라고는 전혀 없어 보이는 정보를 파고파서 마침내 권경택이 숨어 있을 만한 아파트를 특정해 이번에야말로 끝장을 보겠다는 마음으로 찾아갔다. 거기엔 그의 비서만 있었다. 비서는 왜 자기를 잡으려 하냐며 도망가려 했다. 하지만 놓칠 수는 없었다. 우리 손을 벗어나면 권경택과 접촉해 그를 도피시키려 할 것이 분명했다.

촉박함 속에서 통화내역과 사건기록을 몇 번이고 살펴 단서를 찾았다. 그러다가 권경택이 외제차 수리점과 3개월 간격으로 통화한 패턴을 발견했다. 마지막 통화가 두 달 전이었으므로 한 달 안으로 그 수리점을 방문할 것 같았다. 당시만 해도 국내에서 외제차는 흔치 않았다. 혹시나 싶어 수입상에 가서 권경택의 차에 관해 물었지만, 너무 오래된 모델이고 직수입된 차라 사용자를 알 수 없다는 답만 받았다. 남은 것은 유일하게 수리점뿐이었다.

이번에는 권경택의 돈줄을 마르게 할 심산으로 도주 비용 등을 대고 있는 영업장을 본격적으로 방해하기 시작했다. 주기적으로 건물에 들이닥쳐 보란 듯이 휘젓고 다니며 권경택이 내려왔는지 물었고, 영업을 할 수 없을 정도로 거의 매일 찾아가 떠들썩하게 들쑤셔댔다. 검찰 수사관이 매일같이 드나드니 영업이 제대로 될 리 없었다.

그렇게 한 달이 더 지나 자동차 수리점에서 잠복을 시작했다. 그 사이 몇 번이고 통화 내역을 뒤져 관련 인물들과 접촉을 시도했지만 잠복도 접촉도 계속해서 허탕치기만을 반복했다. 아무런 단서도 더 확보하지 못하고 속절없이 시간만 흐르자 이대로 실패할 것 같다는 불안감이 몰려왔다. 하지만 마지막 의지를 짜내 한 주만 더 잠복하기로 했다.

오래 잠복을 하다보니 수리점 주인이 발바닥 수술로 쩔뚝거리며 왔다갔다하는 내가 수상했는지 무슨 용건이냐며 말을 걸어왔다. 권경택의 정보와 사건에 관해 이야기하자 그렇지 않아도 곧 차 수리하러 올 때가 됐으니 조금만 기다려 보라는 예상 외의 대답이 돌아왔다.

수리점 주인은 다리를 절뚝거리면서도 피의자를 검거하러 다니는 나를 안쓰럽게 여긴 모양이었다. 거래가 있던 단골에게 도망가라고 하지 않고 나의 편에 선 것이었다. 그렇게 주인의 말을 믿고 잠복해 마침내 권경택을 검거할 수 있었다.

검찰청으로 돌아오는 길에 권경택에게 도대체 어떻게 그렇게 잘 도망칠 수 있었는지 물었다. 미꾸라지처럼 매번 손아귀를 빠져나가는 권경택이 너무 미웠다. 하지만 그 분노가 내 원동력이 되어주었다. 그리고 그 원동력으로 마침내 권경택을 붙잡을 수 있었다. 그렇게 되자 그를 향한 원망과 분노는 사그라들었다. 권경택은 자신의 정보망을 최대한 이용했다고 말했다. 나는 내 정보가 한수 위였다고 말하며 유쾌하게 웃었다. 권경택도 이 상황이 우스웠는지 함께 웃었다.

고속도로에서 국도로 빠지자 옥수수와 찐 감자, 술빵을 파는 노점이 보였다. 나는 잠깐 차를 세우고 옥수수를 사 왔다. 권경택에게 잡혀주어 고맙다는 표시로 옥수수를 건넸다. 우리는 맛있게 옥수수를 나눠 먹었다. 권경택은 고맙다고 응수하면서 교도소에 들어가기 전 먹어서 그런지 옥수수가 더 맛있게 느껴진다고 했다.

02

잡히면 산다

왜 이제야 잡으러 왔어요?

자유형 미집행자 김태만(가명)은 6년 6개월간 징역살이를 피해 도망자 생활을 했다. 검찰로서는 장기 미제 사건이었다. 죄명은 절도로 불출석으로 재판을 받아 징역 1년을 선고받았다. 김태만의 형 소멸 시효는 7년이다. 자수해서 징역 1년을 살든지 7년을 도망 다니든지 선택은 본인의 몫이었다. 검찰 수사관에게 잡히지 않고 7년을 도망 다니고 버텨 시효가 완성되면 자유의 몸이 된다.

김태만의 시효가 6개월 남은 시점이었다. 정보 조회 중에 김태만의 여권이 발급된 사실을 확인했다. 자유형 미집행자가 여권을 발급하는 경우는 극히 드물었다. 혹시라도 외국으로 도망칠 수도 있다는 걱정을 했지만, 곧바로 출력한 국외 출국 사실 확인서는 김태만이 여권만 만들고 출국한 사실은 없다는 것을 알려주었다. 이제는 여권도 만들 수가 없다. 미집행자가 되면 여권 발급 제한 조치를 한다.

해외로 도망을 간 자유형 미집행자를 검거하는 일은 여간 어려운 것이 아니다. 현실을 잘 모르는 사람들은 범죄인 인도 조약이 체결되어 있으니 그 나라에 요청하면 되는 것 아니냐고 말한다. 조약이 체결된 나라라도 수배자를 국내로 데려오기 위해서는 여러 절차가 필요하다.

영문 요청서를 작성해야 함은 물론이고 수배자의 거주지를 특정해서 요청해야 했다. '우리 나라 범죄자가 당신 나라에 있으니 잡아서 보내주시오'라고만 하면 그 나라에서 알아서 수배자를 잡아 보내주는 것은 아니라는 것이다. 국내에 있을 때보다 위치를 특정하기가 훨씬 어려움은 말할 나위가 없다. 요청서를 만들고 서류를 주거니 받거니 하는 그 시간과 노력으로 다른 미제 사건 여럿을 해결하는 것이 나을 정도다. 그러니 해외로 도주하기 전에 잡는 것이 훨씬 수월하다.

결과적으로 김태만은 시효를 석 달 남기고 내게 검거되었다. 김태만이 다른 사건으로 교도소에 있을 때 그를 접견했던 사람을 특정해 추적을 시작한 것이 결정적 단서를 제공했다. 접견자의 핸드폰 번호를 알아내 통화내역을 조회하던 중에 김태만이 사용한 것으로 추정되는 번호의 통화내역을 확인해 위치 추적을 했다.

통신영장을 연속해서 세 번이나 청구하는 등 길고도 지난한 과정에만 한 달 이상의 시간이 걸렸다. 통화내역을 일주일 이상 보고 있으면 머리가 지끈거리며 아팠다. 잠을 자려고 누워도 천장에 숫자가 꿈틀댈 지경이었다. 그 힘든 과정을 거쳐 겨우 검거한 것이다.

묵은 미제 한 건이 해결되면 집행률이 크게 오르기 때문에 나는 신이 나서 검거한 김태만을 태우고 교도소로 향했다. 가방을 열어 교도소에 제시해야 할 형 집행장과 형 집행 지휘서를 다시 한번 확인했다. 판결문도 챙겼다. 교도소가 몇 미터 남았다고 안내하는 교통 표지판을 지나자 바리케이트와 철문이 삼엄하게 설치되어 있는 교도소 정문이 나타났다.

정문을 지키는 교도관에게 소속을 밝히고 용무를 말했다. 교도관이 바리케이드를 올려주었다. 그대로 정문을 통과해 3백 미터 정도 더 들어가니 교도소 담장이 가로막고 있었다. 담장 가운데를 터서 사무실과 철문이 설치되어 있었다. 사무실에서는 들고나는 사람들을 모두 감시했다. 철문은 겨우 버스가 지나다닐 수 있을 정도로 좁지만 높고 거대했다. 설치된 모든 문은 이중으로 되어 있어서 안쪽문이 열려 있을 때는 바깥문이 열리지 않는다. 즉, 동시 개방을 하지 않는 것이다. 사람이 드나드는 문도 굉

장히 두꺼운 철문으로 되어 있어 여닫는 소리가 제법 묵직하게 들린다.

바리케이드를 통과하자 긴장이 풀렸다. 지난 석 달간 미집행자를 추적하느라 애를 먹었기 때문이다. 신분증을 제시하고 철문 안으로 들어가려고 하는데, 갑자기 김태만이 담배를 한 대 피우고 싶다고 했다.

미집행자들 중에서는 담배를 주지 않으면 담장 안으로 들어가지 않겠다고 뻔뻔하게 말하는 자들도 있었다. 마지막으로 먹고 싶은 것을 간절히 이야기하는 부류도 많았다. 처음에는 사형수도 아니고 몇 년만 살면 나오는데 마지막이라고 말하지 말라며 무안을 주었다. 하지만 수사관 업무를 하며 여러 해를 보낸 후에는 마지막이라는 말을 쉽게 하지 말라고 훈수하고 미리 준비해 둔 담배를 건넸다. 나는 담배를 피우지 않지만, 검거자 중에 유독 담배를 원하는 자들이 많아 가방 안에 넣고 다닌다. 담배를 받으면 미집행자들의 얼굴에는 묘한 미소가 서렸다.

그날 김태만은 교도소 담벼락 아래에 기대어 서서 담배 두 개비를 연거푸 피우더니 갑자기 울음을 터트렸다. 예순 가까운 남자 어른이 갑자기 큰소리로 우니 난감했다. 그러다 다짜고짜 내게 '왜 이제야 잡으러 왔냐'고 따져 물었다. 나는 영문을 알 수 없어 되물었고, 김태만은 진즉 빨리 와서 자신을 검거했으면 몇 년 동안 도망 다니지 않아도 되었을 거라고 원망하였다. 그동안 도망 생활의 힘듦과 누군가에게 쫓기는 마음 졸임으로 인해 두렵고 불안했던 삶이 주마등처럼 스친 모양이었다.

어이없었지만 이렇게 오랫동안 안 잡히고 도망 다닌 사람이 늦게 왔다며 수사관을 나무라면 안 된다고 차분하게 말했다. 그가 검거되지 않고 도망 다닌 기간이 우리 청 기록 중 가장 길다고도 말했다. 대단한 기록의 보유자라고.

그러자 김태만은 울음을 그치고 언제 울었냐는 듯 웃기 시작했다. 그리곤 이렇게 말했다.

"수사관님을 나무라는 것이 아니고요. 좋아서 그럽니다. 이렇게 붙잡히고 나니 마음이 너무 편합니다. 최근 몇 년 동안 피운 담배 중에 가장 맛있는 담배를 피우게 해주셔서 고맙기도 합니다. 이럴 줄 알았으면 재판 결과 알게 되었을 때 자수를 할 걸 그랬습니다."

그때 미집행자의 말에서 깨달음 하나를 얻었다. 수사관의 일은 미집행자를 검거하고 형을 집행하는 것이지만, 동시에 그들을 최대한 빨리 검거해 형을 마치고 일상적인 삶으로 복귀하도록 돕는 것이기도 했다. 아이러니한 일이지만, 만약 수사관이 없다면 그들의 도망도 영영 끝나지 않을 것이 분명했다. 삶에는 관성이라는 것이 있어서 도망 다니는 삶이 지속되면 지속될수록 도망자 스스로도 무엇으로부터 도망 다니고 있는지 망각한 채 도망을 위한 도망을 다니게 될 것이기 때문이다. 그만큼 내가 맡은 일이 중요하다는 생각을 가지게 된 순간이었다.

그 사건 이후로 나는 검거된 미집행자들에게 이렇게 말한다.

"지금 당장은 교도소에 가는 것이 싫겠지만 그래도 속은 후련하시죠?"

대부분 내 말에 고개를 끄덕인다.

미역쌈 - 세상에서 가장 안쓰러운 음식

누구에게나 기억에 남는 음식 하나쯤은 있을 것이다. 어머니가 만드신 입에 익숙한 음식일 수도 있고, 누군가와 함께 먹으면서 행복했던 음식도 있을 것이다. 기억이 첨가된 음식은 그 음식을 먹을 때마다 혹은 그 음식을 떠올릴 때마다 그에 얽힌 추억도 자동 소환된다. 미역쌈, 그건 내가 기억하는 가장 안쓰러운 음식이다.

미집행자를 추적하는 과정에서 가장 까다로운 것은 실시간 위치 추적 정보를 이용해 도망자의 위치를 파악해 내는 것이다. 도망자들은 대부분 자신의 인적사항을 비롯해서 추적당할 수 있는 모든 정보를 필사적으로 감추기 때문에 그들을 검거하기 위해 수사관들은 책상 위에서 시작하는 위치 정보 조회는 물론이거니와 여러 경로를 통해 확보된 정보를 분석해 위치를 특정한 뒤 직접 현장에 나가서 검거하기까지의 모든 과정을 해내야 하므로 가히 노가다의 일에 비견할 수 있다.

지금 이야기할 미집행자는 위치 추적이 까다로웠던 사례 중 하나다. 이수영(가명)은 매우 불우하게 살아왔다. 죄명은 절도, 형량은 징역 8월이다. 어릴 적 부모를 잃고 고아원에서 자라 형제나 가족, 사랑하는 연인도 없이 혈혈단신으로 살다가 편의점에서 먹을 것을 훔치다 걸려 미집행자가 되었다. 살아온 환경이 남들과 달랐기에 연고지 하나 없는 그를 추적할 수 있는 단서는 전무했다. 여러 해 전의 기록까지 모조리 살펴보았지만 검거를 위한 핵심 단서는 쉽게 나타나지 않았다.

단서를 찾을 때는 일반적인 통신 조회 외에 미집행자가 정보를 남겼을지도 모를 가스배달업체, 케이블TV 회사 등에도 공문을 보내 자료 요청을 한다. 그렇지만 정보를 얻을 수 없었다.

하지만 단념하지 않고 수기로 기록된 오래된 사건 기록까지 샅샅이 뒤졌다. 나는 특이하게도 창고에 쌓인 오래된 사건기록을 대출하여 읽어보는 버릇이 있다. 몸이 고달파지는 상황도 개의치 않는다. 한번 잡기로 작정하면 끝까지 놓치지 않는다.

이수영이 다른 범죄로 조사를 받을 때 정상참작을 받으려고 했는지 종이로 된 월세 계약서를 제출한 것을 찾아냈다. 집주인과 작성한 오래 전 계약서였다. 어렵사리 알아낸 과거 거주지 정보 하나만 달랑 들고 수사에 나섰다. 거기에 적힌 휴대폰 번호를 조회해 보니 다행히 여전히 사용중이었다.

전혀 갈피를 잡을 수 없는 인물이었기 때문에 그때까지만 해도 번호를 알아낸 걸 충분한 수확이라고 여겼다. 수사를 금방 종결시킬 수 있는 결정적 단서처럼 여겨졌다. 하지만 그런 희망은 번호를 기반으로 한 위치 추적을 시작하며 허무하게 무너졌다.

위치 추적을 할 때 가장 눈여겨보는 것은 저녁 시간에 미집행자가 가장 오래 머무는 장소다. 늦은 시간과 한 곳에 오래 머무르는 두 가지 정황이 가리키는 것은, 바로 그 장소가 잠을 자는 거처라는 뜻으로 이어지기 때문이다.

그 위치를 알아내면 근처에서 잠복한다. 그가 잠을 자는 위치를 특정해 먼저 가서 잠복하고 있으면 그는 언제든 분명히 그곳으로 올 것이고, 그때 자기 발로 찾아온 이수영을 검거하면 되는 것이었다.

시시각각 위치가 변하는 미집행자를 추적하는 것이 얼마나 많은 에너지와 인력을 소모하는 일인지를 너무나 잘 알고 있고, 게다가 그런 추적 과정에서 전혀 관계없는 시민에게 피해를 주거나 예상치 못한 위험한 사태가 벌어지기도 하는 것을 오랜 수사관 생활을 하면서 보아온 터라 미집행자가 스스로 찾아오게 만드는 검거 방법을 선호하게 되었다.

그런데 이수영은 달랐다. 도저히 그가 잠을 자는 장소를 특정할 수 없었다. 밤마다 기지국에서 전해오는 위치 정보가 바뀌었다. 어느 날은 저기, 또 다른 날은 그보다 더 멀리, 마치 온 사방에 발을 딛고 있는 것처럼 매일 밤 위치가 바뀌어 짐작조차 하기 어려울 정도로 중구난방이었다. 그런 상황이 얼마간 반복되자 잠복을 뒤로 하고 직접 추적해야 하는 건 아닐까 하는 생각도 들었다.

고민 속에서 한 달이 지났다. 여전히 잠을 자는 거처는 특정할 수 없었다. 과거 통화내역 추적 방법을 사용하기로 했다. 이를 통해 어떤 번호와 언제, 어느 정도 통화했는지 일부분 추적할 수 있었다. 그러나 이것 역시 쉽지 않아 하루 종일 그 현황을 들여다봐야 단서를 겨우 찾아낼 정도로 품이 많이 들고 매우 피곤한 작업이었다.

그렇게 통화 내역에 집중한 지 얼마 지나지 않아 마침내 유의미한 단서를 발견했다. 이수영과 주기적으로 통화를 하는 상대가 특정됐다. 어떤 여성의 번호였다. 그녀를 추적한다면 단서를 발견할 수 있을 것이 분명했다.

며칠 동안 그녀를 미행했지만 이수영은 코빼기도 보이지 않았다. 직접 그녀와 접촉해 이수영의 정보를 캐내느냐, 계속 미행을 해서 은밀하게 정보를 수집하느냐, 결단을 내려야 했다. 둘 중에 전자를 선택했다. 이토록 직접적인 접촉이 없는 사람이라면 이수영을 돕는 인물은 아닐 거라고 확신했다.

처음에는 내연녀일지도 모른다는 생각을 했다. 그렇지 않고서야 그렇게 주기적으로 통화를 할 리가 없었다. 그런데 단 한 번도 직접 접촉을 하지 않는 건 일반적인 내연관계에서는 없는 일이었다. 확신과 의심이 반반 섞인 상태에서 그녀를 심문했다.

예상대로 내연관계는 아니었다. 오히려 아무런 관계도 없는 사람에 가까웠다. 그녀는 여관 삐끼였다. 녀석은 매일 밤마다 잠을 잘 거처를 찾기 위해서 그녀에게 전화한 것이다. 고단한 몸을 뉘일, 녀석을 위한 안전한 방 한 칸조차 허락되지 않은 불안정한 삶을 살고 있었다. 하루치 방세를 낼 정도의 돈조차 없었다. 불우한 시절이 어린 시절에 끝나지 않고 성인이 된 지금까지도 그를 따라다니고 있는 듯했다.

이수영은 밤이 아주 늦어서야, 여관에 더 이상 손님이 들어오지 않을 정도로 늦은 시간에 여관 삐끼에게 전화를 걸어 손님 없이 빈방으로 두는 대신 기존 방값보다 싸게, 단돈 1~2만 원이라도 받는 것이 좋지 않겠냐고 말하면서 빈방을 찾아 달라고 연락을 하는 것이다.

삐끼가 주변의 여관 이곳저곳을 수소문해 연결해 주면 이수영은 그제서야 밤 늦은 시간에 겨우 방 한 칸을 얻어 몸을 뉘었던 것이다. 비록 매일 밤 잠을 자는 장소가 바뀌는 불안정한 삶을 살고 있지만 겨우 밤이슬을 피하는 것만으로도 그에게는 사치였다. 이것이 그의 거처를 특정할 수 없었던 이유였다.

이수영이 현재 머물고 있는 여관 위치를 받은 뒤 그곳에서 잠복했다. 얼마나 지났을까. 밤이 한참 늦어서야 이수영은 검은 비닐 봉투 하나를 들고 나타났다. 나는 재빨리 뒤따라가서 여관 복도 한가운데서 그를 검거했다. 그는 나를 피해 도망 다니는 자가 아니었다. 그저 매일 밤 잠을 잘 곳을 찾기 위해 빈방을 찾아 사방을 전전하는 고달픈 인생이었다.

안쓰러운 생각에 그에게 먹고 싶은 게 있냐고 물으니 나지막하게 미역쌈이라고 답했다. 이수영이 들고 있던 비닐 봉투에는 미역쌈이 들어 있었다. 그를 숙소로 데리고 가서 밥을 차렸다. 차리고보니 2인분보다 훨씬 더 많은 양이었다. 매일 밤 천장이 바뀌는 어수선한 시간을 보내는 그에게 따스한 식사 한끼를 해주고 싶다는 마음의 크기인지. 그와 함께 앉아 미역쌈을 먹었다.

미역쌈은 맛있었다. 그런데 씹으면 씹을수록 씁싸름한 맛이 올라오기 시작했다. 미역의 맛은 아니었다. 그건 마음 한 곳에서부터 우러나오는 씁쓸함이었다. 매일 밤을 그저 잠을 자기 위해 길 위에서 떠돌았을 미집행자에 대한 안쓰러움, 진수성찬은 고사하고 미역쌈이라는 소박한 음식 앞에서도 이토록 맛있게 식사를 하는 그에 대한 안쓰러움, 그를 향한 연민이 미역쌈을 씹으면 씹을수록 입안에 감돌았다.

식사를 모두 마친 뒤 검거를 집행했다. 그는 반항하지 않고 내 집행에 따랐다. 그 모습마저 슬프게 바라보았다. 그렇게 미역쌈은 내가 기억하는 가장 안쓰러운 음식이 되었다.

삶과 죽음의 문턱에서

자다가 깨어났는데 팔다리가 모두 잘려 나가 있다면 어떨까? 당황스럽고 놀랍겠지만 나는 다시 잠을 청하면서 공상과학영화나 드라마에서처럼 다시 일어나면 초인적인 힘이 나는 팔 다리가 도로 붙어 있을 거라는 생각을 할 것이다. 이런 상상을 하는 것은 검거하는 중에 팔다리가 잘린 미집행자의 모습을 보았기 때문이다.

검찰 수사관이라는 직업은 일반인이 접할 수 없는 다양한 경험을 한다. 그 기회들이 내 삶의 변화를 이끌어 주기도 한다. 그런 기회를 준 수사관이라는 나의 직업에 감사한다. 수사관이 되지 않았다면, 형사법에 전무했던 나는 어쩌면 수갑을 차고 있을

지도 모르겠다. 아니 우리 모두 형법에 대해 잘 알지 못한다. 평소 아무렇지 않게 하던 일들이 형법이라는 잣대를 들이대면 엄청난 범죄행위가 될 수도 있기 때문이다.

강대만(가명)은 3천만 원의 벌금을 내지 않고 오랫동안 도망을 다녔다. 벌금을 내지 않고 무사히(?) 시효 완성을 한 경우도 몇 건 있는 것으로 보아, 도망을 다니다가 불심검문에 걸리면 다른 사람의 신분증을 제시하여 수사기관을 속이는 것에 재미를 붙인 것 같았다.

그런 강대만을 추적하여 만난 곳은 병원이었다. 그는 머리와 몸통만 남은 채 병실에 누워 있었다. 남아 있는 몸에도 언제 균이 침투할지 몰라 무균실에서 생사를 오가는 중이었다. 다행히 말은 할 수 있어 잠깐 대화를 나누었다. 형을 집행하는 수사관이 아니었다면 나눌 수 없는 대화였다.

강대만은 벌금은 형벌이 아니라고 생각했단다. 잘 도망만 다니면 나쁜 짓을 하고 나서도 몇 백만 원, 몇 천만 원을 버는 거라고. 국가에서 벌금이라는 형벌을 내리는 것이 단지 범죄자를 괴롭히고 고통을 주기 위한 것일까? 아니다.

직업 특성상 재판정에 많이 들어가는데 이름 모를 젊은 남자를 데리고 영장 실질심사에 들어간 적이 있었다. 심문용 구인영장에는 끊임없이 죄를 저지른 피의자의 범죄 사실이 가득 적혀 있었다. 여자 친구를 상습적으로 두들겨패는 녀석이었다. 당시 영장 실질심사를 주재하던 판사는 범죄 사실을 쭉 읽어보더니 딱 한마디만 했다.

"이제 멈추세요! 이제 멈출 때가 되었다고 생각하지 않나요?"

법무연수원에서 신규 수사관을 대상으로 미집행자 검거 기법에 대한 강의를 몇 년 했다. 강대만에 대한 이야기와 멈춤이라는 단어를 말하자 열에 아홉은 한숨을 내쉬었다. 다른 사람의 입을 통해 전해 듣는 가슴 아픈 사연이라도 마음에 와닿기 때문일 것이다.

판사석에 앉은 판사가 한 말이라서 여러 해가 지난 지금도 당시 상황이 생각나는 것이 아니다. '멈춤'이라는 단어가 가슴에 와 닿았기 때문이다. 우리 삶에서 멈춤은 필요하다. 벌금이라는 형벌이 내려지는 것은 벌금을 부지런히 납부해서 국가 예산에 보태라는 취지보다는 다음에는 징역형이 내려질지도 모르니 그나마 약한 벌금형을 받았을 때 자신의 행동을 멈추라는 경고일 것이다.

한데 강대만은 멈추라는 뜻으로 받아들이지 않고 자신에게 내려진 벌금형을 대수롭지 않게 여기고 피해 다니면 그만이라고 생각했다. 계속 문제를 일으키고 또 도망 다님으로써 책임을 피하고 있었다.

강대만이 벌금을 납부하지 않고 도망자가 된 것은 일반적인 미집행자와 다르지 않았다. 하지만 가장 큰 차이점이 하나 있었다. 강대만은 벌금을 피하여 도망을 다니느라 지병이 있는데도 불구하고 병원에 가지 않았다. 아니 못 간 것인지 알 수가 없었다. 병원에 가면 자신에 대한 추적 단서가 노출될까봐 안 갔을 것이다.

작은 질병이라면 치유되었겠지만 안타깝게도 강대만의 병은 점점 악화되었다. 병세가 심해져 더는 미룰 수 없는 상황이 되어 어쩔 수 없이 병원을 찾았지만 심각한 당뇨 진단을 받았다. 그때 진찰받은 기록과 제출한 현물 급여 지급 내역서 덕분에 강대만을 찾을 수 있었다. 현물 급여 지급 내역서는 치료비가 병원에 지급이 되었다는 내용을 담은 서류다. 사정은 안타깝지만 나는 미집행자를 검거해야 했다.

당뇨는 혈액 순환이 잘 되지 않아 여러 합병증이 일어나는 무서운 병이다. 그중 가장 무시무시한 건 신체의 괴사다. 강대만을 검거하기 위해 병원에 갔을 때 처음으로 강대만의 상태를 보았다. 전라도 끝자락에 있는 병원에 새벽밥을 먹고 검찰청에서 출발해 하루 종일 운전한 끝에야 겨우 도착할 수 있었다. 그렇게 마주한 강대만은 당뇨 합병증으로 인한 괴사로 양쪽 팔과 양쪽 다리를 절단한 상태였다.

팔다리가 없는 그는 나를 보고도 도망칠 수 없었다. 침대에 누워 그저 다가오는 나를 무력하게 바라볼 뿐이었다. 그의 눈빛에는 형용할 수 없는 슬픔이 담겨 있었다. 처음에는 손가락, 발가락에서 시작해서 발목, 손목, 팔뚝, 다리, 점점 잘라내는 부분이 많아지는 것을 자신의 눈으로 지켜봐 왔던 것이다.

도망이라는 것은 사람을 황폐하게 만든다. 급한 대로 조금씩 자신의 몸을 절단하며 치료하면서 회복을 바랐지만, 당뇨는 계속해서 그의 몸에 파고들어 망가트리고 있었다. 상태를 호전시키는 건 엄두도 내지 못할 지경에까지 이르렀다. 간신히 하루하루를 연명하기 위해 투석까지 받아야 했다.

강대만은 나를 보더니 아이처럼 울기 시작했다. 다른 말은 하지 않았지만 그의 마음을 어느 정도 헤아릴 수 있었다. 도망 다니지 말고 벌금을 냈더라면, 떳떳하게 살아서 제때 병원에 왔더라면, 처연한 후회들이 그의 마음을 마구 괴롭히는 중일 것이었다.

집행이 어렵다고 판단했다. 곧장 강대만의 상태를 사진으로 찍어서 검사에게 전달했다. 형은 집행되지 않았다. 형 집행의 실익이 없는 상태였기 때문이다. 나는 강대만에게 상황을 설명하고 병원을 떠났다.

머리와 몸통만 남은 강대만을 만나고 온 뒤 형 집행 부서를 떠났다. 그후 몸통만 남아 있던 미집행자가 사망했다는 소식을 들었다. 내 소관 업무가 아니기에 그가 강대만인지는 굳이 확인하지 않았다. 팔다리가 없던 미집행자가 또 있을 수도 있고 아닐 수도 있다.

문득 살아있어도 살아있는 것처럼 보이지 않던 미집행자가 떠올랐다. 그가 살아있던 것은 그의 의지였을까, 아니면 어찌할 수 없는 상황에서 포기한 상태였을까.

병원에 자주 가지 않는 편이라 가끔 일 년에 수백만 원의 건강 보험료를 내는 것이 아깝다고 생각한 적이 있었다. 하지만 강대만을 보고 그런 생각을 버렸다. 대한민국 국민 누군가가 보험의 혜택을 보고 있으니 다행이라고 생각했다. 그것이 비록 미집행자일지라도…….

울릉도에서 호박엿 한 봉지

"왜 요즘 같은 때 동쪽 끝으로 가는 거야?"

아침 일찍 출장을 나서는 내게 아내가 볼멘소리를 했다. 일본에서 지진과 쓰나미가 자주 일어나던 시기였는데 이번 출장지는 울릉도였다. 일본과 울릉도는 거리상 많이 떨어져 있지만 아무래도 걱정이 되었는지 아내는 근심 가득한 눈으로 나를 바라보았다.

평소의 아내는 주말에도 멀리 출장을 다니는 내게 아무런 불평을 하지 않았다. 그런데 그날만은 달랐다. 걱정이 가득 해서는 가지 않았으면 하는 마음을 최대한 완곡하게 표현했다. 내가 하는 일이 며칠 내내 검거에 매진해야 하는 경우도 많고 고생스러운 일인 걸 아는 아내가 처음으로 불만을 표시하자 내 마음도 무거워졌다. 하지만 나는 아내의 어깨를 다독이며 걱정을 조금이라도 덜어주려고 했다. 어찌 되었든 목적지로 출장 가야 했기 때문이다.

내가 담당하는 사건 중에는 꽤 오래 전에 형이 확정된 미집행자도 있고, 시효가 얼마 남지 않아 몇 달이 지나면 수배가 풀려 자유의 몸이 될 사람도 있었다. 게다가 어떤 미집행자는 미제 사건 두 건이 한꺼번에 걸려 있어 그를 검거하면 두 건의 미제가 한번에 해결되는 일타쌍피 건도 있었다. 아내도 그런 상황을 어느 정도 알고 있었다. 그러니 더더욱 지진으로 난리가 난 일본과 가까운 동쪽 끝으로 무리해서 갈 필요가 없다고 생각한 모양이다.

미집행자들 중 여성 범죄자들은 비교적 가벼운 범죄인 선불금 사기이거나 곗돈 사기가 많았다. 이화란(가명)은 선불금 사기로 징역 일 년을 선고받았다. 형이 확정된 지 얼마 되지 않아서 검거에 여유가 있는 사건이었다.

하지만 울릉도 행을 결정한 데는 나름의 이유가 있었다. 통상적인 절차에 따라 사실 조회를 하다가 이화란이 최근에 핸드폰을 개설했고, 핸드폰 요금 청구지 주소를 인천으로 기재한 사실을 알아냈다. 어떤 형태로든 피고인이 자필로 기재한 주소는 수사관에게 힘을 실어주는 중요한 단서다.

사실 조회를 통해 이화란이 비만 치료를 받은 기록을 찾아냈다. 87년생으로 내 큰조카와 같은 나이였다. 피의자로 입건된 사건을 조회하니 다방에서 일하는 여종업원으로 보였다.

다른 미집행자도 검거할 겸 겸사겸사 최근에 특정된 이화란의 인천 주거지를 슬쩍 방문했다. 한 번의 출장으로 미집행자를 검거하는 건 행운에 가깝다. 그런 행운을 기대하고 간 것은 아니었다. 몇 시간 잠복했지만 이화란의 흔적은 보이지 않았다. 결국 집주인을 만나 여러 사정을 확인했다.

"검찰청에서 왔습니다. 뭐 좀 물어볼 것이 있어서요."

집주인에게 신분을 밝히고 이것저것 묻기 시작했다. 그리고 뜻밖의 대답을 들었다.

"마침 잘 왔습니다. 글쎄, 지난달에 그 어린 것이 자살을 하려고 약을 먹었어요. 제가 마침 발견하고 119를 불러서 병원에 보냈는데, 가서는 돌아오지 않네요. 방세가 많이 밀렸어요. 밀린 방세 좀 꼭 받게 도와주세요."

집주인은 이화란이 방세를 내지 않고 도망을 갔으니 꼭 잡아달라고 부탁을 했다. 죽으려고 약을 먹고 병원에 실려 갔다는 사실을 알고도 방세를 언급하다니, 참으로 모진 세상이다.

한 번 자살을 시도했었다면 두 번 시도하는 것은 그다지 어렵지 않을 것이었다. 그 이화란이 울릉도에 있다는 정보를 확보하자 어떻게든 자살만은 막아야겠다는 생각에 마음이 급해졌다.

그래서 다른 미제 사건을 뒤로 미루고 서둘러 울릉도로 향한 것이다. 핸드폰 위치 추적과 통화 내역을 분석해 울릉도에서 숨어 지내는 다방을 알아냈다.

출장을 계획하고 울릉도 배편을 알아보니 강릉에서 출항하는 배가 있었다. 아무리 계획을 잘 세워도 풍랑으로 배가 뜨지 않으면 아무 소용이 없었다. 새벽에 일어나 해운회사에 전화를 걸어 출항이 확정되었다는 답을 받자마자 집을 나섰다. 날씨가 조금 을씨년스럽긴 했지만 강릉에서 출발한 배는 무사히 울릉도에 도착했다.

늘 하던 대로 다방 앞에서 잠복을 했지만 이화란은 나타나지 않았다. 이른 시간이라 다방 주변 거처에서 잠을 자고 있을 것이 분명했다. 곧장 이화란이 머물고 있을 것으로 추정되는 모텔로 가서 그녀의 방을 알아내 문을 두드렸다.

"누구세요?"

"검찰청에서 나왔습니다."

"아 짜증 나게, 왜 아침부터 와서 난리야."

문 두드리는 소리에 일어났는지, 짜증이 잔뜩 묻은 얼굴로 문을 연 이화란은 나를 보자마자 잠이 달아난 듯 사태를 파악하고는 거세게 저항했다. 힘으로는 나를 이기지 못했지만 태도는 저돌적이었다. 조금 실랑이가 있었지만 형 집행장을 제시한 후 수갑을 채우고 검거했다. 곧장 육지로 돌아가는 배편을 알아보았다. 배는 저녁 5시에나 있었다. 그때까지 꼼짝없이 울릉도에 갇혀 있어야 했다.

양손에 수갑을 차고 있는 미집행자와 거리를 활보할 수는 없어서 파출소로 향했다. 세상이 험하다 보니 집행 중인데도 여성 미집행자와 가까이 있는 것도 신경이 쓰였다.

파출소장에게 경위를 설명하고 출항할 때까지 파출소에 있어도 좋다는 답을 들었다. 파출소 CCTV 아래에 검거한 이화란을 앉혀두고 출항 시간이 되기를 기다렸다. 새벽부터 일어나 잠을 설치면서 출장 준비를 해서 그런지 뱃멀미 후유증인지 연신 하품이 났다.

내 고향은 눈이 많이 오기로 소문난 강릉이다. 큰조카가 태어나던 날, 나는 조카가 강릉의 추위를 버티며 잘 자라길 바라면서 두껍고 큰 이불을 들고 멀리 떨어진 병원으로 보러 갔다. 눈이 너무 많이 와서 차가 운행하지 않았는데도 조카를 보고 싶은 생각에 가장 깨끗한 옷을 차려입고 눈보라를 헤치며 길을 나섰다. 미집행자도 대한민국 어디선가 그렇게 태어났을 거라는 생각이 들었다.

소중한 조카와 동년배인 젊은 여자가 자살이라는 극단적인 선택을 했었다기에 아무 말이나마 도움되는 말을 해주고 싶었다. 수사관 일을 하며 너무나 많은 자살 시체 사진을 보았다. 자살은 절대 영화나 드라마에서 보여지는 것 같지 않다. 매우 험한 모습이라는 말도 준비했지만 쉽게 입이 떨어지지 않았다. 내가 미집행자보다 몇 년을 더 살았지만 모진 풍파 속에서 살아온 그녀가 나보다 세상 물정을 더 잘 알 것 같았다. 당돌하고 저돌적인 모습 때문이기도 했다. 그녀의 세상은 그녀만이 알 수 있다.

미집행자가 검거되었다는 소식을 듣고 파출소로 따라온 다방 남자 사장이 멀뚱히 앉아 있는 내게 말을 걸었다.

"수사관님, 아직 배 떠나려면 멀었습니다. 파출소 옆에 전망대가 있는데 거기나 다녀오시죠."

내가 주저하자 곁에 있던 파출소장도 한마디 거들었다.

"잠깐 다녀오세요. 도망 가면 파출소로 전화만 주시면 됩니다. 뱃길 차단하면 도망 갈 곳도 없는 외길이니 걱정하지 마시구요."

타 부처 공무원이 사무실에 몇 시간째 앉아 있는 것이 신경이 쓰였을 수도 있겠다 싶어서, 눈치껏 파출소를 빠져나와 이화란과 나란히 20분 정도를 걸어 전망대에 올라갔다. 사방을 둘러보니 물밖에 보이지 않았다.

게임에 빠져 공부를 하지 않던 어린 조카에게 했던 말을 이화란에게 똑같이 했다. 어릴 적 주변 어른들이 하던 고리타분한 이야기였지만 그들의 말을 그대로 반복했다. 맞는 말이었기 때문이다. 그 이상은 주제넘은 짓이라는 생각이 들었다. 그렇게 5

시가 되었다.

배를 타기 위해 들어가는 통로 양옆으로 노점상이 늘어서 있었다. 이화란은 번데기, 솜사탕, 쥐포 등을 팔고 있는 노점상에서 호박엿 한 봉지를 샀다. 그리고는 봉지를 뜯어 내가 들고 있는 가방에 반을 털어넣어 주었다.

"비만 치료받고 있으면서 엿을 사 먹어요?"

내가 농담조로 말하자 그녀는 말 없이 웃기만 했다. 저돌적이고 공격적인 모습은 어디로 가고 딱 그 나이 또래 얼굴로, 그 나이에서 보임직한 표정으로 환하게 웃었다. 젊음 자체만으로도 아름다운 모습이었다.

나는 교도소 입구에서 필요한 게 있냐고 물었다. 밥은 먹기 싫고 담배를 피우고 싶다고 했다. 내가 건네준 담배를 연거푸 세 개비를 피우고 교도소로 들어갔다.

검찰 수사관은 한 검찰청에서 5년을 연속해서 있을 수 없다. 나는 청을 옮길 때마다 변사자 장부에서 그녀의 이름이 있는지 살피는 버릇이 생겼다. 또 다른 수사관이 접수하는 변사 기록에 유독 관심을 많이 갖는다. 제발 그녀가 변사자 장부에 없기를 바라면서.

3일간의 형 집행

경찰이 범죄자를 잡아 호송하는 장면을 상상해 보자. 가장 먼저 떠오르는 것은 무엇일까.

한차에 타고 가는 범죄자와 경찰 사이에 감도는 묘한 긴장감. 언제라도 도망칠 틈을 노리는 범죄자와, 범죄자를 예의 주시하는 경찰의 날선 눈. 바늘 꽂을 만큼의 빈 틈이라도 찾으려 집요하게 굴리는 범죄자의 음흉한 눈. 마침내 가까스로 탈출하는 범죄자와 달아나는 범죄자를 뒤쫓으며 온갖 욕을 내뱉는 경찰.

대부분 위와 같은 장면을 먼저 상상할 것이다. 영화나 드라마에서 호송이라는 행위 자체를 긴장감 가득 찬 스릴 있는 장면으로 만들려는 욕심에 과격하게 표현하고, 뉴스에서도 급박한 체포 상황만을 주로 편집해 내보내는 경우가 많기 때문이다.

하지만 일반적인 범죄자 호송은 그런 식으로 이루어지지 않는다. 호송은 때론 극적일 수 있지만 많은 경우 차분하고 평범하게 이루어진다. 형 미집행자 몇백 명을 직접 검거하고 호송해 본 나로서는 누구보다 잘 알고 있다.

미디어 속 범죄자는 연행되는 순간에도 자기 죄를 인정하지 않고 어떻게든 빠져나갈 궁리만 하는 모습으로 그려지지만, 실상 검거된 미집행자들은 내가 검찰 수사관 신분증을 제시하는 그 순간부터 모든 전의를 상실해 버리고 만다. 심지어 20년 경력의 격투기 무술인조차 내 신분증을 보고는 다리에 힘이 풀렸는지 고꾸라지며 무릎을 꿇었다. 오히려 호송차 안에서 미집행자에게 빈혈이 있는지, 어디 아픈 데는 없는지 돌봐야 했다. 아직까지 대한민국의 공권력이 그리 만만치 않다는 것을 단적으로 보여주는 예라 할 수 있겠다.

법무연수원에서 신규 수사관을 대상으로 미집행자 검거 기법을 강의하면서 범죄자 검거 상황을 이야기할 때는 주머니에서 신분증을 꺼내 두 손으로 겨우 드는 흉내를 내곤 한다. 검찰 수사관이라는 신분이 그리 가볍지 않음을 보여주기 위해서다.

교도소로 호송되는 내내 대부분의 미집행자들은 내내 파랗게 질려 있거나 믿을 수 없을 정도로 과묵해져 있다. 마음속에 거대한 감정의 소용돌이가 치고 있다는 게 겉으로 드러날 정도로 몸과 마음이 무너져 내리는 것이다.

처음에는 검거된 미집행자에 대해 별 신경을 쓰지 않았다. 도망 다니는 자를 잡아 법을 집행하는 것이 내 일이지, 그들의 마음까지 돌보는 건 내 소관이 아니라고 생각했기 때문이다. 하지만 현장에서 미집행자들을 몸으로 부닥치며 직접 맞딱뜨리다보니 그들을 서류상의 잡아들여야 할 사건 대상으로만 보는 것은 한계가 있었다. 사무실에서 보는 서류에서는 해결해야 할 미제 집행 한 건이, 현장에서는 나와 똑같이 살아 숨쉬는 한 사람임이 느껴지기 때문이다.

연신 식은땀을 흘리며 자기는 앞으로 어떻게 되냐고 계속해서 묻는 이들에게 침묵으로 일관하거나 사무적으로만 답할 수는 없는 노릇이었다. 때때로 그들의 형 집행 자체가 어딘가 부자연스럽게 느껴지고, 검거된 미집행자가 내 주변인일 수도 있다는 경험을 할 때마다 미집행자는 어떠한 경우라도 내 소관일 수 있다는 생각을 하게 되었다.

지금 소개할 이야기도 소관에 관한 내 생각을 변화시킨 일화다. 어느 날 대검찰청에서 자유형 미집행자가 확정되었음을 알리는 공문이 전달되었다. 평소처럼 문서를 살펴보던 중 어딘가 이상한 부분을 발견했다. 죄목이나 추적 과정에서 특이한 항목은 없었다. 내 눈을 사로잡은 건 자유형 미집행자의 남은 형기였다. 그의 형기는 단 3일이었다. 이건 뭐, 군대를 제대한 예비역에게 훈련소 생활 3일을 더 하라는 말과 같은 것이다.

3년도 아니고, 하다못해 3달도 아니고, 단 3일이라니. 전달받은 정보에 오류가 있는 것은 아닐까 확인해 보았지만 형기는 정확히 3일이었다. 이상하다는 생각이 먼저 들었고, 조금 시간이 지나서는 왜 이런 식의 형을 집행해야 하는지에 대한 근본적인 의문이 들었다.

형을 집행하려면 먼저 해당 자유형 미집행자에 대해 수배를 걸고, 그에 대한 모든 정보를 추적해야 했다. 그 일을 해내는 데는 많은 인력과 경비가 동원된다. '고작 3일짜리 형 집행에 내가 수고를 해야겠어'라는 오만한 생각에 사로잡힌 것은 아니고 죄를 저지른 이에게 응당한 처벌을 내리는 것에 반기를 든 것도 아니었다. 이런 일이 흔한 경우는 아니기에 관련 규정을 샅샅이 살폈다.

단 3일의 징역살이를 해야 하는 이유는 이랬다. 정도영(가명)은 무전취식과 절도 등으로 1심에서 징역 6월을 선고받고 항소심에서도 동일하게 6월 형을 선고받았다. 다시 상고를 했지만 검찰에서 상고를 하지 않아서 징역 6월 형이 확정될 상황이었다. 여기서 대법원의 재판 주기가 문제가 되었다. 대법원에서는 매주 재판을 열지 않는다. 한 번 재판이 열리고 나면 적어도 2주, 길게는 3주가 지나서야 다음 재판을 진행한다.

이 주기에 따라 재판을 하는 대법원은 다음 재판 기일에 자유형 미집행자에 대해 징역 6월을 선고하면서 석방을 하게 되면 원래 살아야 할 징역 6월을 초과하는 형국이 된다. 그래서 다음 재판 기일까지 기다리지 않고 재판이 열린 날 직권으로 구속을 취소하고 석방을 했다. 석방을 기다리던 피고인은 3일 빨리 석방된 즐거움을 마음껏 누렸을 것이다. '아싸, 가오리!'가 아니라 '아싸, 3일!'을 외쳤을 것이다.

게다가 최종심은 법률심으로 진행되기 때문에 피고인이 재판정에 출석하지 않은 채로 징역 6월이 선고되었다. 결국, 자유형 미집행자는 선고된 기일보다 3일을 더 징역을 살아야 하는 것을 모르고 있었다. 시간이 지나서 재판 결과 기록이 대검찰청에 도착했을 때 대검찰청 담당자는 그에 대한 형기가 3일 미집행된 사실을 발견하고 이에 대한 집행 지시를 일선 검찰청에 전달한 것이다. 이해할 수 없는 형기는 이런 상황에서 비롯된 것이었다.

자유형 미집행자를 검거하는 업무를 가장 잘 해낼 수 있는 사람이 나라고 믿고 있었다. 검거해서 3일 동안 교도소에 가야 한다고 설명해야 하는 내 입장도 난처했지만 형을 다 치렀다고 생각하고 있을 당사자로서는 하늘이 무너지는 듯한 일일 것이다. 따지고 보면 교도소를 두 번 가는 셈이니까.

다시 한번 해당 미집행자에 대한 서류를 살폈다. 관련 규정은 1일에 대한 형은 면할 수 있지만 3일에 대한 형 집행 면제 규정은 없었다. 즉시 집행하라는 말과 같다.

형기 3일짜리 미집행자는 실적에 반영하지 말라는 규정이 있는 것도 아니어서 형기 3년이 남은 미집행자와 마찬가지로 미제한 건이다. 검거하지 않는다면 실적은 바닥을 칠 것이 자명한 일이었다. 형을 집행해야 하는 것은 불가피했다.

아무리 생각해도 이 일의 당위성에 대한 의문이 사라지지 않았지만, 아무것도 모르고 있을 미집행자에게 이런 상황을 알려야 한다는 소명 의식, 혹은 도움을 준다는 것으로 마음을 정했다.

오해의 소지가 없도록 확실히 하자면 나는 대법원의 업무 처리에 대하여 이야기를 하는 것이 아니다. 죄의 경중을 따지는 사법부의 선고를 가볍게 여긴다면 그 사회의 정의는 존속되지 못할 것이다.

대법원의 결정은 무조건 옳다. 대법원의 일 처리 능력이 못 미더워서 내가 3일 형을 의아하게 여긴 것은 아니다. 형 내용을 전달하는 것은 나이기에, 나 스스로가 이 3일 형에 대한 확신을 가지는 것이 먼저였다.

길고 긴 고뇌 속에서 나는 한 가지 방법을 생각해 냈다. 나의 고뇌와 미집행자가 느끼게 될 당혹스러움, 형 집행기관의 소명을 모두 해결할 수 있는 묘수였다. 입꼬리로 음흉한 미소를 흘렸다.

밤 11시, 나는 3일형을 선고받은 정도영을 찾아가 당일 자정이 넘어가기 전에 검거했다. 내가 검거한 그 시점부터 형기가 시작되기 때문에 자정이 넘는 순간 3일의 형기 중 하루가 지났다.

이후 형기가 이틀 남은 정도영을 차에 태우고 교도소로 향했다. 그런데 무슨 우연인지 차에 계속 문제가 생겼다. 연료 없음 경고등에 불이 들어왔다. 나는 보험사에 연락하지 않고 애써 근처에 있는 주유소로 갔다. 타이어에 펑크가 난 것이다. 그렇게 다시 하루가 도리없이 흘러버렸다. 남은 2일 중 또 하루의 형기가 지났다. 마지막날, 다시 교도소로 가던 중 자정이 지나 3일이라는 형기가 모두 소모되어 정도영을 차 안에서 석방했다. 처음에는 의아한 눈으로 나를 바라보던 그는 이내 내 마음을 읽었는지 연신 고맙다는 인사를 건네고 갔다.

지금은 내가 검거한 미집행자들의 신병 확보는 물론 마음을 돌보는 것도 내 업무의 일부라고 생각한다. 왜냐하면 짧은 시간일지라도 내가 그들의 인생에 들어가 함께 시간을 보냈기 때문이다. 교도소로 향하는 차 안에서, 바로 그 시간만큼은 나와 그들은 유일한 인생 동반자다. 그들을 옹호하거나 감정적으로 공감하면서 그들의 죄의 무게를 가볍게 여기고 싶은 생각은 없다. 지금껏 한 번도 그런 적은 없다.

다만 나는 그들이 처한 상황을 이해하려는 것이다. 형 집행이라는 내 임무는 절대적으로 달성해야 하지만, 그 표면에는 미집행자들의 인생이 독립적인 위치를 차지하고 있다. 그와 그들의 인생은 존중되어어야 한다. 내가 호송하는 짧은 시간이 지난 후에도 그 인생은 계속해서 이어지기 때문이다.

호송이라는 과정에서 모든 의지를 상실하고 인생이라는 소중한 흐름을 놓아 버릴까봐, 인생이 중요하다는 사실 자체를 망각해 버릴까봐, 나는 그들과 대화를 하고 필요한 부분에 대해 조언한다. 냉정하지만 사려깊게. 그것까지가 검찰 수사관인 나의 업무라고 믿는다.

아들의 벌금을 대납한 노부부

재산형 집행 업무를 한창 하던 때의 일이다. 거의 몇 개월간 그 일을 지속한 탓에 큰 권태감을 느끼고 있었다. 어떤 날은 업무를 집행하고 벌금을 받아내는 일련의 과정 자체가 망설여지기도 했다. 애초에 벌금 징수라는 업무 자체가 수단과 방법을 가리지 않고 해야 하는 일인지라 더 피로감이 컸던 모양이다.

이렇듯 쉽지 않은 재산형 집행 업무 중에서도 나를 골치 아프게 한 몇 가지 사례가 있었는데, 그중 하나는 천오백만 원이라는 거액의 벌금을 미납한 채 형 확정 4개월 만에 캐나다로 도피성 이주를 떠난 고액벌과금 미납자 장춘성(가명)에 관한 것이었다. 죄명은 사기로 자신이 운영하던 사업체가 망할 것을 알면서도 일부러 지인들에게 닥치는 대로 돈을 빌리고 갚지 않았다.

사실 조회를 통해 국내에는 여전히 장춘성의 아내와 자식들이 살고 있고, 장춘성 소유로 된 땅까지 있는 것을 알게 되었다. 겨우 천오백만 원이라는 벌금이 미납되어 해외로 도망쳤다는 게 의아할 지경이었다. 하지만 실상은 그의 재산 대부분에 압류가 걸려 있었다. 압류 금액은 60억 정도로 벌금 천오백만 원이 푼돈으로 보일 정도로 어마어마한 금액이었다.

그가 무서워한 것은 바로 그 압류 금액이었다. 벌금이 무서워서 도망친 것이 아니었다. 그의 땅과 집에 걸려 있는 압류 금액은 사업을 했을 때 진 빚이었다. 속된 말로 그의 사업은 폭삭 망한 상태였다.

도대체 어떻게 60억이라는 빚을 만들어 가면서 사업을 해나갈 수 있는 걸까. 어떤 강단이 필요한 걸까. 그 대담함에 저절로 혀를 내두를 수밖에 없었다. 대부분의 월급쟁이들은 절대 상상할 수 없는 일일 것이다.

하지만 사업이 망했다는 것이 내가 집행해야 하는 업무에 참작 사유가 될 수는 없고, 해외로 도망쳤다고 해서 그를 잡아서 벌금을 납부하도록 해야 한다는 사실은 달라지지 않는다. 나는 궁리를 시작했다. 처음에는 장춘성의 아내를 찾아가 벌금을 내라고 요구할까 생각했다. 가족들의 거주지를 살펴보니 아내와 아이들은 전부 서울에 있고, 장춘성의 부모는 내가 일하는 소도시와 가까운 곳에 살고 있었다.

부모를 먼저 만난 뒤 가족이 있는 서울로 올라가는 것이 동선상으로나 일 처리 방편에 있어서 적절해 보였다. 물론 부모에게 벌금 납부를 강제할 생각은 전혀 없었다.

부모가 자식의 벌금을 대신 납부하는 사례가 많기는 했다. 그저 가족 모두에게 일을 떠벌리는 대신, 가장 최소한의 방법으로 일을 진행하려는 목적뿐이었다. 들쑤시고 다녀야 좋을 게 없다.

장춘성의 부모는 여든이 넘은 고령의 노인들이었다. 어렵사리 찾아간 시골 마을, 노부모의 집은 매우 허름했다. 60억 가까이 돈을 빌려 가며 사업을 한 자식을 둔 것치고는 너무나 초라한 모습이었다. 부모에게 벌금 대납을 요청하는 건 힘들겠다는 생각이 스쳤다.

집앞에서 일부러 인기척을 내어 사람을 불러보았다. 방 안에 불이 켜져 있는지, 안에 사람이 있는지조차 알 수 없을 정도로 집안은 어두컴컴하고 적막했다. 결국 또 한 번 부르면서 문을 열자 침대에 누워 있는 할머니 한 분이 보였다. 갑자기 나타난 나 때문에 놀랐는지, 몸도 제대로 가누지 못하면서 내가 누구인지 물었다.

마음이 약해지는 순간이었지만 검찰청에서 나왔다고 소속을 밝히고, 아들에게 부과된 벌금에 대해서도 이야기했다. 내가 말을 이어가면 이어갈수록 할머니의 표정은 점점 어두워졌다. 내 말을 모두 듣고 죄송하다는 말만 연신 반복했다.

나는 그러지 말라고 했다. 할머니도 조금 정신을 차린 듯 마음을 가다듬었다. 그리고는 현재 자신의 처지에 관해 이야기했다. 항암 치료를 받는 중이어서 몸에 힘이 없고 머리도 전부 빠진 상태라고 했다. 누운 채로 손님을 맞이해 미안하다는 말도 덧붙였다. 이곳을 찾아온 것이 후회가 될 지경이었다.

뭐라 설명할 수 없는 감정 속에서 할머니와 이런저런 이야기를 나눴다. 부모님의 처지가 이런 것을 장춘성은 알고 있을지, 자신의 잘못으로 부모에게까지 짐을 지우는 것이 얼마나 큰 불효인지를 생각한다면 사업을 그렇게 끌고 가지도, 부모와 가족들을 나 몰라라 내팽개치고 저 혼자만 살겠다고 국외로 도망치는 파렴치함을 저지르지 않았을 것이다.

이야기하는 사이 어느새 한 시간이 훌쩍 지나버리고, 문밖에서 인기척이 들리면서 할아버지 한 분이 나타났다. 한눈에 그가 장춘성의 아버지임을 알아보았다. 낯선 방문자를 보자 할아버지는 당황했다. 할아버지는 팔 한쪽이 없었다. 성한 다른 쪽 팔에는 약병이 하나 들려 있었다. 할머니를 위한 약인 듯했다. 할아버지에게 정중하게 인사를 드리고 할머니에게 그랬던 것처럼 찾아온 이유를 말했다.

묵묵히 듣고만 있던 할아버지는 내가 말을 마치자 이내 자신의 한쪽 팔이 없는 이유를 설명했다. 과거 한국전쟁 때 포로로 잡혀서 기둥에 묶인 상태로 목숨을 걸고 탈출을 하다가 어디서 날아온지도 모르는 총알에 기둥에 묶인 팔 하나를 잃었다고 했다. 서글픈 이야기였다. 하지만 슬픈 과거와 달리 할아버지는 어두운 사람이 아니었다. 손님 대접을 하겠다며 주방으로 가서 차를 타기 시작했다. 나는 난처한 표정으로 앉아 있다가 결국 차를 전부 마시고 나서야 나올 수 있었다.

차마 노부부에게 아들의 벌금을 대신 내라고 할 수 없었다. 서울에 사는 장춘성의 아내를 찾아가겠다는 말만을 남겼다. 검찰청으로 돌아온 후 많은 생각에 잠겼다. 연로한 부모를 두고 도망자 신세가 된 장춘성이 측은하면서도 괘씸했다.

내 아버지도 한국전쟁 당시 포로로 잡혀 북으로 송환되는 도중에 탈출을 했다. 당시 일곱 명이 함께 탈출을 했는데 탈출 도중에 뒤에서 쏘아댄 총을 맞고 세 명이 죽었고, 나머지 세 명은 산에서 헤매다 굶주림에 죽었다고 말하셨다. 아픈 역사다. 혼자 살아남았지만 풀뿌리로 연명을 하다보니 소화기 계통이 엉망이 되었다. 그런 탓인지 아버지는 늘 음식을 많이 드시지 못했다.

그런데 장춘성 가족을 만나러 서울로 출발하기도 전에 사건은 종결되었다. 골치 아파질 거라는 생각을 하던 차에 예상치 못한 이유로 갑자기 사건이 종결되자 어안이 벙벙했다. 집행 불능으로 처리될 뻔한 사건이 종결된 이유는 장춘성의 부모에게 있었다.

시효가 끝나기 일주일 전, 장춘성의 아버지가 전화를 걸어왔다. 그리고는 모든 것이 아들을 잘못 키운 자신의 죄라면서 아들에게 부과된 벌금 천오백만 원을 동생에게 빌려 납부하겠다고 했다.

전쟁통에 팔 하나를 잃은 그가 살아온 세월이 결코 만만치 않았을 텐데도 기개는 꿋꿋하고 당당한 사람이었다. 비록 형편이 어렵지만 벌금을 대신 납부해서 아들이 저지른 죄를 조금이라도 만회하고 싶은 심정이었을 것이다. 또 아들을 도망자로 둘 수 없는 아버지의 마음을 충분히 헤아리고도 남았다.

어려운 형편이지만 그렇게 책임지는 모습을 보여야 나중에라도 아들이 스스로 반성하며 그같은 잘못을 되풀이하지 않을 거라는 교훈을 주고 싶었던 것인지도 모르겠다. 아들에게 죗값을 치르고 다시 한번 제대로 살아볼 기회를 주고 싶은 부모의 심정이었을 것이다. 남에게 피해를 주는 것을 아무렇지 않게 생각하지 말고 순간의 경제적 이득을 얻기 위해 불의한 방법을 취하지 말라고 가르치는 것 같았다.

동시에 마음이 아팠다. 장춘성 부모가 경제적으로 어렵고 할머니의 병환으로 어떤 시간을 보내고 있는지 두 눈으로 보았기 때문이다. 하지만 형의 집행은 어떤 경우에라도 실행되어야 했다. 사건을 종결하면서 다시 한번 이 일의 의미에 대해 아주 오랫동안 반추했다.

세상에서 가장 불쌍한 아이

내 업무는 비교적 단순하다고 할 수 있다. 미집행자를 검거하기 위해 당사자와 그 가족들에 대하여 사실 조회를 의뢰하고, 주민등록 영상정보를 확보해 미집행자의 얼굴을 꾸준히 익혀두는 것이다. 사실 조회를 통해 검거의 단서가 나오면 직접 출장을 나가 검거한 후 집행을 한다. 만약 아무 단서가 나오지 않으면 기록관리과에서 미집행자의 과거 사건기록을 모두 대출해 최대한 단서를 찾아낸다.

이런 정도로는 내 일이 대단한 전문성을 가진 것도 아니고 매뉴얼대로만 움직이는 것처럼 보일 수도 있다. 하지만 글자로만 나열된 사실 속에서 유용한 정보를 찾아내고 아무 연관 없어 보이는 자료들을 연결해서 유용하고도 결정적인 단서를 만드는 것은 말처럼 간단한 일은 아니다.

정보를 구별해 내고 연관짓는 것은 단순히 매뉴얼로 교육받는다고 해서 배워지는 것이 아니다. 실전에서 익힌 감각과 경험 모두가 합쳐서 이뤄낸 유기적인 산물이다. 정보를 얼마나 빠른 시간에 정확하게 특정짓느냐에 따라 시간과 비용을 절약하고 미집행자의 수를 줄이게 된다. 피고자와의 쫓고 쫓기는 추격전을 벌일 때는 상대의 심리를 읽고 그를 뛰어넘는 작전을 마련해야 하고, 상대를 벼랑 끝까지 밀어붙이는 심리전에도 능해야 한다. 또 체력적으로도 밀리지 않도록 항상 몸을 단련해야 한다.

나는 주로 기록을 통해 다른 사람들의 삶을 본다. 기록으로 미집행자들의 과거를 살피다보면 때때로 내가 너무나 행복한 삶을 살고 있다는 생각이 들 때가 있다.

미집행자 정민정(가명)은 중학생 때부터 매춘을 시작했다. 매춘해서 번 돈으로 어머니와 동생을 먹여 살렸다. 기록을 통해 살펴보니 그녀의 어머니도 그리 정상적인 삶을 살지는 않아서 매춘을 했던 사실이 적혀 있었다.

나는 정민정의 어머니를 직접 찾아가 자초지종을 설명했다. 내가 말을 할 때마다 어머니의 눈동자는 좌우로 흔들렸다. 그 흔들림 속에서 정민정이 최근까지도 어머니에게 종종 연락했다는 것, 어머니는 절대로 정민정의 행방을 알려주지 않을 거라는 것을 예상할 수 있었다.

하지만 희망을 품고 조금 더 이야기를 나누어 보았다. 어머니의 기억 속에는 오직 한 가지만 남아 있었다. 정민정이 경찰이나 검찰에서 찾아다니는 범죄자가 된 것이 모두 자기 탓이라는 것이다. 씁쓸한 대화를 마치고 발길을 돌리는데 어머니는 이렇게 말했다.

"불쌍한 아이입니다. 그 아이를 너무 탓하지 마세요."

그녀가 지금까지 나에게 한 말 중 가장 진심이 담긴 말이라고 생각했다. 자식을 잡으러 온 사람에게 어떤 말을 하고 싶었는지 몰라도, 구체적인 변론을 할 능력이 되지 못했던 어머니는 정민정이 세상에서 가장 불쌍한 아이라는 것만을 강조했다. 하지만 그런 변명은 감형에 아무런 영향을 끼치지 못한다. 차로 돌아온 나는 정민정 어머니의 눈물 섞인 말 속 '불쌍'이라는 단어를 계속 생각했다.

검찰청으로 돌아와 정민정 어머니가 쓰고 있는 핸드폰의 통화내역을 확인했다. 특정 번호로 석달에 한 번씩 걸려온 특이한 통화 내역을 발견했다.

역발신된 전화번호의 가입자 인적 사항을 의뢰하니 명의자는 인천에서 술집을 운영하는 여성이었다. 사건조회를 통해 알아보았지만 정민정 어머니와는 어떤 연관도 없었다. 친인척 관계도 아니었고 같은 도시에 살지도 않았다. 그렇다면 답은 나온 것이다. 정민정이 추적을 피하기 위해 자신이 일하고 있는 술집 사장의 휴대폰을 빌려 어머니에게 전화를 한 것이다.

술집 사장의 핸드폰에 통신영장을 청구해 통화 내역을 분석하고 실시간 위치 추적을 실시했다. 가입자 인적사항을 조회한 뒤 핸드폰 요금 청구지를 알아냈다. 술집에서 일을 하거나 술집에 관여하고 있는 사람은 새벽 퇴근길이나 저녁 출근길에 검거를 하는 것이 나만의 노하우였다. 영업장 안에서는 검거해야 할 사람을 찾기 힘들기 때문이었다.

가게 안에 들어가 미집행자의 이름을 부르며 물어도 돌아오는 대답은 없다고 봐야 한다. 술집 특성상 대부분 가명을 쓰기도 하고 한집에서 오랫동안 일하는 사람이 드물기 때문이기도 하다. 게다가 영업장을 관리하는 동네 깡패들에게 화를 당할 위험도 있다.

그렇게 기척을 숨긴 채 몇 주를 살펴보니 술집 사장의 정기적인 움직임이 지도상에 나타났다. 잠을 자는 곳을 찾아낸 것이다. 곧장 이른 새벽에, 업소는 퇴근일 무렵에 잠복을 시작했다. 예상대로 정민정이 술집 사장의 집으로 들어가는 것을 볼 수 있었다.

4층짜리 빌라의 2층이었다. 나는 112에 지원 요청을 했다. 그렇게 두 명의 경찰관이 도착했는데 모두 남자였다. 급한 나머지 검거해야 할 사람이 여성이라는 것을 깜빡 잊은 것이었다. 수배자가 여성일 경우에는 여성 경찰관이 함께 하는 것이 좋다.

다시 여성 경찰관을 요청하려니 시간이 걸릴 것 같아 결국 남자 경찰 두 명과 현장에 들어갔다. 술집 사장이 여자라 위험한 상황이 벌어지진 않을 거라는 판단이었다. 경찰관을 요청한 것은 내심 미집행자가 검거 중에 성추행당했다고 딴지를 걸 경우 경찰관이 나의 결백을 증명해 주리라는 생각을 했다.

벨을 누르자 순순히 문이 열렸다. 무심코 문을 열던 정민정은 상황을 금방 눈치챘다. 나는 지금 교도소에 가야 한다는 말을 하고 팔짱을 꼈다. 잘 정리된 거실 벽에는 사진이 걸려 있었고, 거실장 위에도 사진들이 많았다. 사진 속에는 정민정과 내 큰딸아이 또래로 보이는 여자아이가 나란히 웃고 있었다. 사진 속 웃는 정민정은 '자신의 딸아이는 자신과 같은 처지가 아닌 것이 다행이다'라는 말을 하고 있는 듯 보였다.

검거 현장에서는 미집행자에게서 시선을 떼서는 안 된다. 화장실에 들어가 자살을 시도하는 사례도 있기 때문이다. 하지만 나도 모르게 그 사실을 망각하고 3~4초 정도 사진을 보고 있었다. 그렇게 무방비하게 시선을 뗀 순간 나는 깜짝 놀라 소리를 지를 뻔했다.

정민정은 내가 서 있는 앞에서 상의를 벗고 하의까지 벗기 시작했다. 나는 그대로 현관 밖으로 뛰쳐 나갔다. 출입문을 지키던 경찰관은 내가 갑자기 밖으로 뛰어나오자 무슨 일인가 싶어 현관문을 열려고 했다. 내가 황급히 그들을 말렸다. 그렇게 몇 분이 지나자 정민정이 옷을 다 갈아입었다고 말했다. 조심스럽게 다시 방에 들어서자 정민정은 아까와는 다른 옷으로 갈아입고 아무 일 없었다는 듯이 태연히 서 있었다. 도망갈 의사가 없다는 것을 표현하기 위해 내 앞에서 옷을 벗은 것으로 보였다.

잠시 후, 방금 전까지만 해도 보이지 않았던 아이, 거실에 걸린 사진 속에서 정민정과 나란히 서서 웃고 있는 아이가 잠에서 깨 방에서 나와 눈을 비비고 있었다. 어느새 술집 사장과 낯선 여자도 정민정 옆에 나란히 섰다. 나는 수갑을 다시 주머니 속으로 집어넣었다.

검찰청으로 돌아오는 길에 정민정으로부터 많은 이야기를 들었다. 자신은 중학생 때부터 매춘을 했는데 자기 인생에 화가 나 주체하기 힘들 때마다 담뱃불로 자기 몸을 지졌다고 했다. 그후에는 술 먹은 남자들이 장난으로 지졌다고도 했다. 하지만 딸이 생긴 후로는 심적으로 많이 안정이 되어 그러지 않았고, 목표도 생겼다고 말했다. 딸만큼은 자신처럼 살게 하지 않겠다는 것이다. 비록 배운 것이 없어 밤새 술집에서 일하고 있지만 돈을 벌어서 할 일이 분명해졌다는 것이다. 말을 마친 그녀는 조용히 울기 시작했다.

사무실에서는 나의 검거 소식을 듣고 정민정 사건 담당 주임 검사가 조사를 준비하고 있었다. 당장 검사가 직접 신청하여 발부된 체포영장을 해결해야 할 처지였다. 여러 건의 벌금으로 집행 담당자인 내가 검거에 나섰지만, 수배가 걸려 있는 사건 수사가 선행이 되어야 했다. 벌금은 총 네 건으로 2천만 원이었고, 사건 기소중지가 7건이었는데 검찰에서 병합이 되어 체포영장이 발부되어 있었다. 모두 선불금 사기에 대한 것이었다.

술집이나 사창가에서 몇 달간 혹은 몇 년간 일을 하겠다는 약속을 한 뒤 선불금을 받고 다른 곳으로 도망을 친 탓에 선불금 사기로 체포영장이 발부된 것이었다. 영화나 드라마 등에서는 술집 사장이나 사창가 포주가 사람을 시켜서 잡아오게 하지만 현실에서는 법이 이 문제를 해결한다.

뭐라도 해야 할 것 같은 생각이 들었다. 결국 나는 검사실로 올라가서 담당 검사에게 검거 과정에서 알게 된 이야기를 전하며 차근차근 정민정의 사정을 설명했다. 끝으로 '검찰 수사관의 한 사견이지만 한 아이의 엄마 역할을 충분히 해낼 여지가 있습니다'라고 덧붙였다.

그날 시간이 조금 지나서 낯선 여자가 현금 2천만 원을 들고 와 정민정의 벌금을 납부했다. 벌금을 대납해 준 사람의 신상을 알 수는 없었다. 하지만 분명 정민정과 관련된 이들 중 한 명일 것이 분명했다.

또 다시 시간이 지나 한밤중이 되었을 때 고소인 중 일부가 고소 사건 합의서와 고소 취하장을 팩스로 보내왔다. 검사는 편취 금액에 대하여 합의가 이루어졌다는 이유를 들어 불구속 수사를 하겠다며 정민정을 석방했다.

석방이 된 후 벌과금 집행이 들어가는 것이 정상이지만 정민정은 이미 벌금을 모두 납부한 상태여서 집으로 돌아갔다. 나는 검사에게 석방하는 것이 나을 것 같다는 나의 사견을 처음이자 마지막으로 했다.

그 일이 있고 여러 해 동안 명절 즈음이면 정민정에게서 전화가 왔다.

"최 수사관님 안녕하세요?"

"아이고, 이렇게 잊지 않고 전화도 주시고 감사합니다. 아이는 잘 크지요?"

"예, 잘 커요. 이번에 반에서 일등했어요. 공부를 잘해요."

"축하드립니다."

정민정의 전화를 받을 때마다 나는 그녀와 아이가 그려 나갈 새로운 미래를 응원하게 되었다.

축구 잘하는 아이 엄마

검거해야 할 자유형 미집행자에 대해 아는 것이 없을 때는 그저 당황스럽기만 하다. 아무리 검거 경험이 많다고 하지만 모두 정보를 토대로 추적을 해서 검거할 수 있었다. 가능한 한 모을 수 있는 모든 정보를 확보하고 그중에서 정확한 정보를 추려 결정적 단서를 특정해 내기까지 복잡한 데이터를 분석하고 유용한 패턴을 식별해 내야 한다.

오랜 수사관 생활로 노하우와 촉이 남보다 더 단련되고 체계화되었다고는 하지만 매번 정보를 도출해 내기까지는 엄청난 집중력이 요구된다. 어느 사건 하나 거저 쉽게 해결된 것은 없었다. 그러니 이제는 베테랑이라는 이야기를 듣는 내게도 정보가 없는 미집행자를 잡는 건 버거운 일이다.

통상적으로 여성 미집행자들은 검거하기 어렵다. 왜냐하면 본인의 정보를 싹 숨기고 결혼, 혹은 재혼을 거쳐 생활 여건을 전부 남편을 통해 해결하는 경우가 많기 때문이다. 남편의 카드로 물건을 사고, 남편 명의로 핸드폰을 개통하고, 남편 뒤에 숨어 자신의 존재를 드러내지 않고 생활하는 것이 가능하기 때문이다. 검거를 피하려는 목적을 가지고 일부러 그럴 경우 더더욱 파악이 어려워진다.

이화정(가명)은 평범한 주부였는데 곗돈 사기로 징역 1년 6월이 선고되었다. 정보 파악이 어려운 자유형 미집행자의 특징 두 가지, 정보가 거의 없고, 검거가 어려운 여성이라는 점을 모두 가졌다. 이화정에 대한 정보는 하나도 없었다. 그래서 지푸라기라도 잡는 심정으로 그녀 어머니의 정보를 어렵사리 구해 파헤치기 시작했다. 이화정 어머니의 휴대폰에 통신영장을 신청해 여러 유용한 번호를 확보했고, 남양주에 이화정의 오빠가 살고 있다는 정보도 가까스로 얻어냈다. 오빠가 어머니와 주기적으로 통화한 기록 덕분이었다.

오빠 휴대폰도 통신영장을 신청해서 어머니의 통화 기록과 비교해 중복되는 번호가 있는지 추렸다. 그렇게 이화정의 것으로 추정되는 유력한 번호를 발견했다. 당장 실시간 위치 추적을 시작하고 통화 기록도 모조리 찾아보았다. 하지만 아무것도 나오지 않았다.

할 수 있는 것이라고는 쓸 만한 위치 정보가 나오길 기다리면서 기지국 주변을 맴도는 것뿐이었다. 이화정은 자신이 추적당하고 있다는 사실을 잘 알고 있었다. 이 정도로 정보가 없는 경우는 신상정보를 숨기기 위해 매우 신경을 기울이며 사는 경우라고밖에는 설명이 되지 않았다.

그렇게 치밀하게 숨은 미집행자를 흔들기 위해 그나마 위치가 특정된 오빠의 거처인 남양주로 무작정 찾아가는 정공법을 선택했다. 물론 무모한 계획이었지만 기다려봐도 정보가 더 나오지 않을 때 선택할 수 있는 유일한 방법이었다. 더 이상 검거를 늦출 수 없었다. 가만히 있는 것보다 무엇 하나라도 찾으려고 들쑤시고 다니는 편이 내 성격에 더 맞았다.

추적을 하면서 미집행자가 여성이라는 점을 감안해 미장원이나 마트처럼 여성들이 주로 방문하는 장소 2~3곳을 골라 집요하게 정보를 찾았다. 만약 정보를 얻지 못하더라도 관련 있는 사람이 이 상황을 눈치채고 이화정에게 알려준다면 그때 움직이는 번호의 주인이 이화정일 가능성이 높을 터였다.

하지만 어쩐 일인지 이화정이 사용하는 것으로 추정되는 번호는 여전히 움직이지 않았다. 미장원과 마트에 그녀와 관련된 사람이 없다는 뜻이었다. 그렇다면 이화정과 관련 있는 장소에서 관련 있는 인물을 만날 때까지 계속 이곳저곳을 들쑤시고 다닐 수밖에 없었다. 내겐 어려운 일이 아니었다.

말 그대로 남양주 전체를 들쑤시고 다녔다. 그러던 중 미장원 한 곳에서 누군가가 이화정을 알아보았다. 그전에도 이미 여러 곳을 돌아다닌 터라 잔뜩 기운이 빠진 채로 미장원에 들어가 이화정에 관해 물었다. 그런데 돌아온 대답은 두 눈을 번쩍 뜨게 했다.

"축구 잘하는 아이 엄마같네."

내가 미집행자에 대해 설명하자 미용사는 긴가민가하며 아는 듯한 얼굴이라고 말했다. 이화정의 얼굴을 외우기 위해 사진을 가지고 다닌 것이 정말이지 잘한 일이라는 생각이 들었다. 나는 곧장 축구부가 있는 남양주 초등학교를 검색해서 세 곳을 추려냈다.

하지만 학교로 가던 도중 이내 차를 멈추었다. 자식을 이용해 그 부모를 검거하는 건 옳지 못한 일이라는 생각이 들어서였다. 만약 내가 학교를 방문해 교직원에게 미집행자와 그녀의 아이에 관해 묻고 검거까지 성공한다면, 그후 지역 사회에서 이들을 향해 날 선 시선을 보낼 것이 분명했다.

이러지도 저러지도 못하는 상황 속에서 고민에 빠져버렸다. 하나를 선택해야 한다면 형을 집행하는 편을 선택하는 게 내 일이었다. 그러나 나도 자식을 키우는 입장인지라 아이가 받을 피해를 외면할 수는 없었다. 이런 딜레마가 그저 괴로웠다. 아무 걱정 없이 미집행자를 검거하는 것에만 집중하고 싶었다.

속으론 그렇게 갈등하면서도 주변에서 축구 유니폼 입은 아이들을 찾고 있던 중, 갑자기 축구 유니폼을 입은 아이 여럿이 내 앞을 지나갔다. 주변 학교의 축구부 부원들로 보였다. 순간, 나도 모르게 아이들 한 명 한 명의 얼굴을 유심히 살폈다. 왜냐하면 그 속에 매우 낯익은 얼굴이 있었기 때문이다. 누가 뭐라 해도 내가 찾고 있는 미집행자와 닮은 아이가 축구 유니폼을 입은 아이들 속에 끼어 천진난만하게 걸어가고 있었다.

마음속에서 묘한 기대감 같은 것이 커지기 시작했다. 사람을 잡는 데는 이골이 나서 일정한 경지에 오르게 되면, '어, 오늘은 거기 가보고 싶네' 하고 미집행자가 있을 것으로 기대가 되는 곳에 가면 어김없이 수배자가 나타날 때가 있기에 생긴 기대감이다.

나도 모르게 그 아이들을 뒤따라가기 시작했다. 아이들이 무리에서 흩어져 나와 하나 둘 자기 집을 찾아갔고, 마침내 이화정과 닮은 아이만 혼자서 걷고 있었다. 만약 저 아이가 이대로 집에 도착하고, 그 아이를 마중 나온 엄마가 이화정이라면, 아이와 미집행자 두 사람의 사회적 체면은 지키면서 동시에 미집행자의 형을 집행할 수 있었다.

그런 기대 속에서 한 걸음 한 걸음 아이를 따라 걸었다. 아이를 미행한다는 것에 일말의 미안함을 느꼈지만, 계속해서 미안함만 느끼다간 내가 해야 할 일을 완수할 수 없었다. 그래서 양심의 목소리는 죽이고 의무감만을 부여잡은 채 마침내 아이의 집 앞에 도착했다.

아이가 집앞에 도착하자 저 멀리서 누군가 다가왔다. 아이는 반갑게 '엄마'라고 부르며 손을 흔들었다. 그녀도 아이를 향해 밝게 웃으며 다가왔다. 아이와 조금 떨어져 있던 나도 그녀의 얼굴을 알아볼 수 있을 정도로 가까워졌다. 나는 그녀의 얼굴을 유심히 바라보았다. 내가 찾던 미집행자가 거기 있었다. 내 심장은 두방망이질쳤다. 내 심장이 뛸 때는 그 사람이 미집행자가 맞다.

그날 나는 아주 작은 단서만으로 여러 어려움을 이겨내고 미집행자 검거에 성공했다. 과정이 순탄하지 않았지만 마침내 검거에 성공했다는 것 하나만으로도 만족스러웠다. 게다가 검거과정에서 미집행자가 받아야 할 처벌 이외에 그녀나 아이에게 어떤 부수적인 피해도 끼치지 않았다는 것도 매우 다행스러웠다.

내게 축구 잘하는 아이 엄마라는 결정적 단서를 준 시민이 없었다면 이 모든 것이 불가능했을 거라는 생각이 들었다. 내가 한 것은 노력이었고, 그 노력의 대가는 내게 주어진 몇 가지 결정적인 행운이었다. 나는 당시 아이의 등에 새겨진 남규은(가명)이라는 이름을 외웠다. 월드컵이나 올림픽이 있을 때 출전자 명단에서 남규은을 찾곤 한다.

석방하는 재미

모처럼 한가하게 나른한 오후를 즐기던 날이었다. 급히 검거해야 할 미집행자가 없어 한 주 내내 집에서 잘 수 있었던 평화로운 일주일이었다.

“말에는 힘이 있어 말한 대로 이루어진다.”

내가 믿는 신앙에서 주는 가르침이다.

말을 삼가고 가만히 여유를 즐기고 있는데, 오후의 나른함을 걷어내는 불길한 발걸음 소리가 들려왔다. 저 멀리서 법원 직원이 총총걸음으로 달려오고 있는 것이 보였다. 여유로운 오후 시간을 끝내려 법원 실무관이 당일 피고인의 재판 선고 결과 통지부를 가지고 오는 것이 분명했다. 사실상 나에게 일을 시키러 오는 것이다.

실무관에게서 서류를 받으면 재판 결과를 전산에 입력해야 한다. 요즘은 전산화되어 일이 줄었지만 예전에는 일일이 이름과 주소, 주민번호를 입력하고, 검찰 사건번호와 법원 사건번호가 일치하는지 대조 확인하고 입력했다. 제대로 입력됐는지를 다시 정확히 확인한 다음에야 선고된 형을 입력했다.

하지만 이제는 법원에 입력된 내용을 그대로 불러와 검토하고 틀린 것이 있다면 수정한 후 확인 버튼만 누르면 된다. 일이 줄었다고 하더라도 내가 확인한 내용이 그대로 출력이 되어 교도소로 보내져 형이 집행되기에 눈이 빠져라 확인, 또 확인해야 한다. 내가 입력한 내용을 토대로 전국 검찰청에서 민원인에게 선고형을 알려주기에 절대 실수하면 안 되는 일이다.

재판 결과 통지부에서 가장 눈여겨보는 단어는 '불구속' '징역 0년' '금고 0년'이다. 이들은 경찰에서 불구속으로 검찰에 송치하고, 검찰에서 불구속으로 기소를 하였음에도 불구하고, 법원에서 징역형(범죄자를 교도소에 일정기간 동안 구금하는 것)이나 금고형(강제노동을 과하지 않고 수형자를 교도소에 구금하는 것)을 선고한 사람들이다.

벌금형을 선고받은 뒤 벌금을 납부하지 않고 도망 다니는 사람들, 있어야 할 곳에 있지 않은 사람들은 내가 잡아서 교도소에 넣어야 한다. 마땅히 있어야 할 곳에 있지 않은 것은 보기에 좋지 않다. 나아가 마땅히 해야 할 일을 하지 않는 사람도 좋지 않다.

"실무관님 안녕하세요? 천천히 오시지 넘어지겠어요."

간만의 여유가 깨진 것은 아쉬웠지만 나는 살갑게 실무관을 맞았다.

"오늘 재판 안 나온 사람이 꽤 많은데, 그중 세 명이 징역형 선고라네요."

나는 놀라 벌떡 일어났다. 실무관이 말한 것처럼 재판에 참석하지 않은 채로 징역형이 선고된 세 명이 항소를 하지 않는다면 그들은 고스란히 내가 검거해야 할 자유형 미집행자가 된다. 일주일 안에 항소하지 않으면 형이 확정되므로, 형이 확정된 후부터 세 명을 추적해서 잡아야 한다는 말이다. 묵은 미제 자유형 미집행자를 모두 검거해서 조금 한가로워졌나 했더니 일 폭탄이 떨어진 것이다.

자유형 미집행자 한 명을 잡으려고 해도 수십 건의 사실 조회를 의뢰하고, 통신 영장도 여러 개 만들어야 하는데, 한 명도 아니고 세 명이라니. 모처럼 즐기던 점심 식사 후의 여유가 싹 달아났다.

사실 나는 그다지 살가운 사람은 아니다. 업무 특성상 법원 실무관과 좋은 관계를 유지하고, 그 친분을 이용해 재판 결과 통지부를 하루라도 빨리 받아 자유형 미집행자가 될 가능성 있는 사람을 구별해 내는 것이 중요해 그저 살가움을 이용할 뿐이다.

재판 결과가 늦게 입력되면 사무실이 시끄러워진다. 재판에 출석하지 않은 피고인들이 재판 결과를 알고 싶어하기 때문이다. 선고 결과를 듣기만 하면 되는 재판임에도 이를 위해 하루를 온통 시간 내야 하기 때문에 일부러 챙겨서 재판정에 나가는 사람은 드물다. 대신 재판이 끝날 무렵부터 다음날까지 선고 결과를 알기 위해 자신을 조사했던 검사실로 전화를 마구 해댄다. 그러나 아주 특별한 사건을 제외하고는 검사실에서 피고인의 선고 결과를 일일이 알 수가 없어서 결국 전화는 돌고돌아 선고 결과를 입력하는 처음 담당자인 나에게 돌아온다.

그 시스템을 이골이 날 정도로 잘 알고 있어서 기왕이면 선고 결과를 빨리 입력할 수 있게, 재판 결과가 선고되자마자 결과 통지부를 받을 수 있도록 법원 실무관과 친분을 잘 유지하고 있다. 오늘 법원 실무관이 서둘러 뛰어온 것도 언젠가 식사 자리에서 최대한 살가운 태도로 사정을 설명해 두었기 때문이다.

"피의자가 재판에 나오지 않은 상황에서 징역형 선고가 되면, 전국을 돌아다니면서 검거를 해야 하거든요. 자유형 미집행자가 될 거 같은 사람은 미리 좀 알려주세요."

세 명의 자유형 미집행자가 생길 것 같다는 통지서를 받은 후 일주일이 지났다. 세 명에 대한 형이 확정되는 날, 법원 실무관에게 전화를 걸어 세 명 중에서 몇 명이나 항소장을 접수했는지 물었다.

"세 명 중 두 명이 항소를 했고요, 김창수(가명)는 항소 안 했네요."

기대가 실망으로 바뀌는 순간이었다. 내가 한숨을 푹 쉬자 법원 실무관이 힘내라는 투로 한마디를 덧붙였다.

"제가 항소하라고 세 명에게 전부 전화를 걸었는데 두 명만 통화가 되었어요. 항소하면 피고인에게 도움도 되고 수사관님이 잡으러 다닐 사람도 줄어들잖아요. 잘했죠?"

잘 하셨다며 인사를 하고 싶을 정도로 고마운, 아주 영민한 실무관이다. 법원의 큰 재목이 될 친구가 틀림이 없다.

세 명의 자유형 미집행자를 만들지 않을 방법은 그들이 모두 항소하는 것이다. 항소를 하면 그들은 내 소관을 떠나 상급 법원과 상급 검찰청 담당자의 소관이 된다. 상급법원에서 집행유예가 선고되면 자유형 미집행자가 되지 않을 가능성도 있다. 나중에 어떤 형태로 돌고돌아 그들이 자유형 미집행자로 등록되어 일심 선고를 대응하는 집행 담당자인 내게 검거 지시가 내려오면 그때 대응하면 된다.

현재 상황을 가장 원만하게 해결할 수 있는 것은 '피고인의 항소'다. 그렇다면 그들에게 항소하라고 종용해야 할까? 그럴 수는 없는 노릇이다. 경찰을 포함하여 검사실에서 어렵게 수사하여 그에 맞는 판결을 내서 그들이 저지른 범죄에 합당한 벌을 내렸는데 내가 일을 회피하려고 꼼수를 쓰는 것은 안 될 일이다. 또 내 성격에 그런 얍삽함은 없었기에 일주일을 가만히 지켜보며 보냈다.

결국 항소하지 않은 단 한 명의 피고인 김창수는 자유형 미집행자 장부에 등록되었다. 이제 내가 할 일은 시효가 완성되기 전에 그를 검거하는 것이다. 가능한 한 모든 자원을 동원해서 그에 대한 정보를 알아내는 것이 검거의 성패를 좌우한다.

그에 대한 정보를 수집하기 시작했다. 주민번호 조회, 여권 조회, 주민등록 영상정보 조회, 전화번호 가입자 조회 등. 심지어 그를 고소한 사람까지 만나 다양한 방법으로 김창수에 대한 단서를 하나라도 더 확보해야 했다.

김창수에 관한 사건 기록이 법원으로부터 왔다. 사건 기록을 확인하고서는 그의 화려한 범죄 전력에 혀를 내두르고 말았다. 전국을 누비며 강도와 특수절도를 저지른 자였다. 그야말로 쉽지 않은 상대를 만난 것이었다. 범죄 서류를 유심히 살펴보다 김창수가 최근 우리 검찰청 관내에 사는 그의 고모 집으로 주민등록을 이전해 놓은 사실을 알아냈다. 자유형 미집행자 대부분은 주거지의 주민등록이 말소되어 있어 큰 기대를 하지는 않았지만 혹시나 하는 마음으로 사건 기록에 적혀 있는 번호로 전화를 걸었다.

"여보세요?"

뜻밖에도 김창수는 전화를 받았다. 전화를 받을 수 없다는 안내 멘트를 예상한 내겐 의외의 결과였다.

"혹시 김창수 씨입니까?"

"예, 그런데요."

한치의 망설임도 없이 본인이 맞다는 말에 나는 할 말을 잃었다. 도망자가 자신의 신원을 확인하는 전화에 이렇게 당당한 것이 의아할 뿐이다. 불구속으로 재판을 받다가 실형이 선고되는 사건은 수사가 개시된 지 몇 년 지난 사건이 많다. 피고인이 출석을 하지 않아 재판이 계속 연기되기 때문이다.

그 말인즉 지금 내가 통화하고 있는 자유형 미집행자는 몇 년 동안 같은 핸드폰 번호를 사용하고 있는데도, 그간 단 한 번도 재판에 출석하라는 연락을 받지 못한 것은 아닌지 의아스러웠다.

"여기는 검찰청입니다. 몇 해 전에 있었던 사건 기억나세요?"

"예, 기억이 납니다."

"그 사건이 징역형으로 실형이 확정되었어요. 죄송한 말씀이지만 지금 당장이라도 저에게 검거되면 교도소에 가야 합니다. 그러니 저에게 검거되는 것보다 내일이라도 자수하는 게 낫지 않을까 싶습니다."

"내일 자수하겠습니다. 어디로 가면 되지요?"

"검찰청으로 오셔서 자유형 집행계를 찾으시면 됩니다."

'미친' 소리가 나오려다가 너무 좋아 '야호'를 외쳤다. 너무 쉽게 끝나는 거 아닌가 싶은, 뭔가 의아스러운 통화는 그렇게 끝났다. 내가 가장 쉽게 해결한 미집행자 사건이다.

다음날 9시, 약속한 대로 김창수는 내 사무실로 찾아왔다. 나는 스스로 자수하러 검찰청에 온 그를 바로 교도소로 데려가지 않고 책상 앞에 앉히고 사건 기록을 만지작거렸다.

'어? 나답지 않은데? 야! 너 그런 놈 아니잖아? 얼른 교도소에 집어넣고 와서 쉬지그래?'

'에이, 그래도 스스로 찾아왔는데 네가 할 수 있는 일을 해보지그래?'

일을 쉽게 끝내준 그에게 고마운 것인지, 마음속에서 악마의 부추김과 천사의 속삭임이 들렸다. 자수는 수사 과정에서는 참작 사유가 되지만 자유형 미집행자는 이미 법원에 의해 징역살이가 선고된 상태이므로 큰 의미가 없다.

김창수의 진술을 들으며 그 동안의 행적을 수사하듯이 메모를 했다. 그런데 얘기를 들으면 들을수록 녀석을 풀어주어야 한다는 감이 생겼다. 그 감으로 수백 명을 검거해 교도소로 보냈으므로 나의 감은 확신에 가깝다.

나는 김창수의 서류를 다시 꼼꼼히 보았다. 발부된 영장을 살펴보았다. 김창수가 이야기한 내용을 적은 메모지, 사건기록도 샅샅이 살펴보았다. 메모지에는 그의 이전 수형생활 기간이 적혀 있었다. 그 기간은 재판이 진행되는 기간과 비슷했다. 다시 말해 그는 재판이 진행되는 동안 이전에 저지른 범죄 사실로 인해 교도소에서 수감생활을 하고 있었던 것이다. 그런데 김창수가 수감생활을 하던 교도소로 출석 통지서가 도착한 사실이 없었다. 출석 통지서를 받지 못했으니 재판정에 출석할 가능성은 제로에 가까웠던 것이다.

나는 바로 판사 앞으로 첫번째 진정서를 작성했다. 진정서의 내용은 상소권 회복과 형 집행 정지함이 상당하다는 요청이었다. 교도소에 들어간 뒤 김창수가 상소권 회복 청구서를 작성해서 법원에 보낸다면 오고가는 데 시간이 오래 걸리기 때문에 김창수를 대신해 내가 즉시 상소권 회복 청구서를 접수했다. 그리고는 김창수를 무한정 데리고 있을 수 없어 일단 교도소에 넣었다.

11시가 되자 법원은 상소권 회복 청구를 인용해 형 집행 정지 결정을 했다. 대신 김창수에 대한 구금 영장을 발부했다. 상소권을 회복시켜 형을 집행하는 것은 정지해 주겠지만, 도망을 다닌 전력이 있어서 구금 영장을 발부해 교도소에 두고 재판을 진행하겠다는 무언의 표현이다.

"존경하는 판사님 저는 불출석 재판으로 실형이 선고된 김창수를 검거한 수사관입니다. 본 수사관은 기록 검토를 통해 피고인이 재판이 열리는 기간 동안 교도소에 구금되어 있었다는 사실을 발견하였습니다. 또한 당시 피고인 김창수가 수감생활을 하던 교도소로 출석을 요청한 사실이 없음도 확인하였습니다. (중략) 피고인은 지난날의 잘못을 뉘우치고 고모 집으로 전입신고를 해서 농사를 짓고 있었습니다. 그렇다면 전입신고를 한 곳으로 재판이 열린다는 사실을 통지해 주어야 하는데 그곳에서도 출석 통지서를 한 번도 받지 못했다는 사실을 확인했습니다."(이하 생략)

작성을 마친 두번째 진정서를 들고 곧장 당직 판사실로 갔다. 판사실 행정관에게 사정을 설명하고 반드시 판사님이 읽어보시길 당부했다. 그렇게 하겠다는 답을 듣고 행정관에게 진정서를 제출한 지 한 시간 정도 지나자 판사실에서 연락이 왔다. 판사님이 사건 기록을 직접 확인하길 원한다며 김창수의 기록을 가져갔다. 초조하게 시간이 흘러 오후 4시가 넘었을 즈음, 법원에서 김창수에 대한 구금 영장 발부를 취소했다. 나는 그 석방 지휘서를 팩스로 넣지 않고 교도소로 직접 들고 가서 접수를 시켰다. 김창수가 바로 석방되었음은 물론이다.

며칠이 지나 김창수가 사무실로 찾아왔다. 녀석은 쭈뼛쭈뼛 내게 걸어와 '감사합니다'라고 했다. 더 이상의 말은 하지 못했다. 내 성격도 그리 살갑지 못해 한동안 침묵이 흘렀다. 김창수는 자리에서 일어서며 “저를 위해 애써 주는 사람을 생전 처음 만났습니다”라고 했다. 인생의 거의 절반을 교도소에서 생활한 녀석도 자신의 이야기를 들어주는 사람이 고마웠나 보다.

훗날 김창수는 농사 지은 호박을 몇 개 가지고 왔다. 당시 쉬이 자수를 하겠다고 한 것은 자신의 말을 누구도 믿어주지 않았기에 자포자기 심정으로 그냥 교도소에 가기로 했었다고 말했다.

나는 그후로 피의자를 조사할 때 피의자를 조사하는 시간보다 함께 커피를 마시며 피의자의 이야기를 들어주는 데 더 많은 시간을 할애한다. 왠지 그래야 할 것 같았다.

교도소 담장 아래에서

검찰 수사관의 업무에는 위험이 많이 따른다. 쫓고 쫓기는 긴박한 검거 과정에서 발생하는 사고가 대표적이다. 한 번은 검거한 미집행자가 달리는 차 안에서 문을 열고 뛰어내려 도망치려고 한 적이 있었다. 문이 안쪽에서 열리지 않도록 잠금장치를 해둔 덕분에 창문에 머리를 '꽝' 하고 부딪히고마는 해프닝으로 끝이 났지만 생각만 해도 등골이 서늘했다.

교도소로 이동하던 중에 고속도로 휴게실에 들른 사이에 미집행자가 수사관 몰래 화장실에서 약을 먹어버린 사례도 있었다. 화장실 창문으로 도망을 치려고 시도한 경우는 빈번하다. 베테랑 수사관들은 이런 사태를 미리 방지할 능력이 있지만, 집행

업무를 시작한 지 얼마 되지 않은 신입에게는 예상치 못한 돌발 상황이 되는 것이다.

필사적으로 도주하려는 피의자를 검거할 때 더욱더 문제가 많이 발생한다. 특히 차량을 운전하고 있는 미집행자를 상대할 때는 더 조심해야 한다. 손에 거대한 흉기를 들고 있는 것과 마찬가지이기 때문이다. 이럴 때는 미집행자가 차에서 내렸을 때만 접근해야 한다. 그 점을 간과한 채 미집행자가 차량에 타고 시동을 건 상태에서 접근하면 상황이 위험해진다. 그때는 더 이상 추적하지 않고 미집행자가 위협을 느끼지 않도록 안정시키는 것이 우선이다. 차에 탄 미집행자를 무리하게 검거하려 하기보다는 미집행자가 난폭하게 운전하는 차에 시민이 다칠 가능성을 없애는 것이 더 중요하다.

게다가 차를 타고 간신히 도망한 미집행자가 일주일 만에 자수를 하는 것도 보아온 터라, 차량 도주 가능성 있는 미집행자는 최대한 안전한 상황에서 검거해야 한다. 불가피한 상황이면 신변을 정리할 시간을 어느 정도 주는 것도 중요하다. 그나마 천만다행이라고 생각하는 것은 아직까지 칼을 들고 덤비는 미집행자를 본 적이 없다는 것이다.

후배 수사관들에게 검거 노하우를 강의할 때 항상 같은 질문을 한다.

"검거해야 할 사람이 칼을 들고 저항을 하는 경우 어떻게 해야 할까요?"

누구도 정답을 찾을 수 없을 것이다. 다만, 수사관 본인의 신변을 지키는 것이 무엇보다 중요하다.

현장 수사를 나가지 않을 때는 사무실에서 컴퓨터로 일을 한다. 법원에서는 피고인에게 형을 선고한 뒤 재판 결과 통지부를 검찰에 보내온다. 그러면 재판 결과 통지부와 전산기록을 대조하여 바르게 입력하였는지 꼼꼼히 확인한다. 대조과정에서 잘못 기록돼 수정할 것이 있다면 수정도 한다.

법원 직원이 실수로 '징역 1년 집행유예 1년'을 '징역 1년 집행유예 3년'으로 입력을 했는데, 내가 그것을 바로잡지 않고 그대로 확인 완료를 해버리면, 아직 한 번도 그런 적은 없지만, 만약 그런 일이 실제로 일어난다면 문제의 소지가 크기 때문이다. 매우 꼼꼼하게 확인을 해야 한다. 집행 업무에 사고가 나면 바로 다음날 신문에 '얼빠진 검찰, 집행유예 기간 오 입력으로……' 같은 자극적인 기사로 도배될 것이 분명하다. 그런 일이 벌어지면 담당자는 징계를 받고 좌천되는 큰 사안이다.

오성익(가명)은 다양하고 자잘한 죄를 달고 살았다. 자신이 어떤 죄로 징역살이를 하는지 헷갈릴 정도로 많은 범죄를 저질렀다. 미집행자 기록상으로 그는 오래 전에 집행유예가 실효(집행을 유예한 것이 실효되어 효력을 상실하여 형을 살아야 하는 것)되었다. 한데 내가 집행 업무를 시작하기 훨씬 전에 해당 업무를 담당했던 수사관은 집행유예 실효가 되지 않았는데 실효가 된 것으로 착각하여 미집행자로 만들어 놓았다.

그에 따라 오성익을 수배 등록을 했으며 검거하려고 노력했다는 내용을 적어놓고 다른 청으로 전출했다. 그 다음 담당자도 검거를 하지 못하고 자리를 이동했다. 그래서 오성익은 계속 수배가 되어 있는 상태였다. 경찰의 불심검문에 검거가 되든지 집행 담당자가 적극적으로 추적을 해야 해결될 상황이었다.

나는 어렵사리 미집행자 오성익의 먼 지인을 찾아내 지인의 핸드폰 통화 내역을 분석해서 오성익이 평택에 사는 것을 확인하고 그를 검거하기 위해서 출장을 떠났다. 사용하는 핸드폰 번호를 확인했기 때문에 하루 시간을 내어 출장만 다녀오면 검거가 확실한 상황이었다.

평택에 도착해 오성익이 사는 곳을 찾았다. 그 건물에는 출구가 많아서 만일을 위해 112 상황실에 지원을 요청했다. 지원 나온 인력으로 하여금 모든 출구를 지키도록 하고 직접 오성익이 사는 빌라로 들어섰다.

오성익의 거주지로 추정되는 집의 문을 두드렸다. 예상대로 오성익이 문을 열고 모습을 드러냈다. 검거는 매우 순조로웠다. 나는 오성익을 데리고 곧장 교도소로 향했다.

눈이 엄청나게 쏟아지던 겨울이었다. 도로에 차가 다니지 못할 정도였다. 그런데도 차를 몰아 교도소 앞에 도착해 발목까지 푹푹 빠지는 눈을 헤치고 오성익을 교도소에 입감시켰다.

"5년이면 많이 도망 다닌 거예요. 10개월만 살다가 나오면 정상적인 생활이 되잖아요. 공무원들 열심히 일한다고 생각해주세요."

그렇게 말하고 교도소 문을 나서 교도소 담장 앞에 세워놓은 수사 차량까지 걸었다. 거기까지는 좋았다.

오성익을 입감하고 온 잠깐 사이 어깨 위에는 하얀 눈이 소복이 쌓였다. 눈을 털어내고 시동을 켰다. 함께 검거에 참여한 동료 수사관이 차를 돌리며 교도소와 멀어지기 시작했다. 차 안에서 오성익의 판결문을 살폈다.

오성익은 집행유예가 실효되어 미집행자가 되었는데 재범에 대해 항소를 계속 했다는 정보가 판결문에 쓰여 있었다. 항소를 계속해서 판결이 늦춰지면 먼저 저지른 범죄에 대한 집행유예 기간이 끝나기 때문이었다.

거기까지 살피던 순간 나는 소리를 빽 질렀다. 동료 수사관이 깜짝 놀라 차를 세웠다. 나는 서둘러 교도소로 돌아가자고 말했다. 동시에 교도소 팩스 번호를 알아낸 후 담당 검사에게 전화를 걸었다. 상황을 설명하고 미집행자에 대한 석방 지휘서를 송부받았다.

꼭 하루 차이였다. 먼저 저지른 범죄의 집행유예 기간이 나중에 저지른 범죄가 확정되기 하루 전에 끝이 난 것이다. 아찔한 상황이었다.

집행유예를 선고받은 사람이 집행유예 기간 동안 다시 범죄를 저질러 금고 이상의 실형이 선고되어 형이 확정되면 과거에 선고된 집행유예 선고는 효력을 잃는다. 집행을 유예한 것이 효력을 잃게 되면 형이 집행되어야 한다.

그런데 나중에 저지른 범죄가 집행유예 기간이 지나 확정이 되면 먼저 받은 집행유예가 실효되지 않고 형이 실효가 된다. 복역을 하지 않아도 되는 것이다. 죄를 저지른 사람 입장에서는 노다지를 캔 것과 다름없다. 그래서 교도소 경험이 조금 있는 범죄자들은 대법원까지 항소를 계속한다. 대법원에서 집행유예 기간이 지나 선고를 하면 집행유예가 실효되지 않기 때문이다.

오성익은 워낙 자잘한 죄를 끊임없이 저지르고 다니던 터라 당연히 자신이 저지른 죄 때문에 교도소에 가는 거라 생각하고 자세히 알아보지도 않고 도망을 다닌 것이다.

일반적으로 교도소에서는 집행유예 전과가 있는 사람이 다시 죄를 저질러 입소를 한 뒤 재판을 받다가 실형이 선고되면 검찰청으로 집행유예 실효 예정자 통보라는 공문을 보낸다. 공문을 접수한 검찰청 집행 담당 수사관은 검사 결재를 받아 집행유예 실효 지휘서를 만들어 교도소로 보낸다. 교도소에서는 실효 지휘서를 송부받으면 두 개의 형을 합산해 형이 종료되었을 때 석방을 진행한다.

오래 전 누군가가 실수를 한 것이다. 집행은 이래서 어렵다. 집행업무를 기피하는 이유이기도 하다. 미집행자 검거를 잘하는 몇몇 수사관을 제외하고는 집행업무를 좋아하지 않는다.

미제 장부에 적힌 미집행자의 정보를 통해 왜 이런 일이 생겼는지 살펴보았다. 오성익은 재범에 대해 항소를 계속해서 대법원까지 재판을 진행하였다. 그러는 동안 재판이 늦어져서 법원의 구속기간 6월이 지나 판사는 오성익을 석방했다. 그러는 사이에도 다른 사건으로 오성익에 대한 재판은 계속되어 6월 실형이 선고되었다. 따라서 오성익은 구속되어 재판을 받느라 6월 형기를 살았기 때문에 교도소에 가지 않아도 되지만 동시에 실형이 선고되어서 집행유예는 실효가 되어 형을 살아야 했다.

그래서 전임자는 오성익을 자유형 미집행자 명부에 적고 수배를 걸어 놓은 것이다. 여기서 전임자가 재범 형 확정일을 간과했다. 오성익은 집행유예 기간 하루가 지나 재범 형이 확정되었기 때문에 집행 유예가 실효되지 않았다. 즉 형이 실효가 되어야 한다.

교도소 담장 아래를 떠나던 바로 그 순간에 확인차 서류를 살피던 내가 집행유예 기간을 제대로 계산하여 오성익을 석방한 것이다. 만약 그렇지 않았더라면 상상하기도 싫은 일이 벌어졌을 것이다. 칼을 들고 덤비는 도망자보다 이런 것이 더욱 나를 소름끼치게 한다. 그때를 생각하면 아직도 아찔하다.

순발력도 능력이다

아주 오래 전 가을, 벌금형 미집행자 원유정(가명)을 추적한 적이 있다. 도박죄로 구공판되어 벌금형이 선고되었다. 구공판은 검사가 범죄 혐의가 있다고 판단하여 법원에 재판을 진행해 달라고 청구한 것이다. 집행 미제액은 305만 원이었다. 정보원을 통해 어렵사리 원유정에 대한 쓸 만한 정보를 알아냈다. 정보가 많은 사건에도 최선을 다해 힘을 쏟지만, 실낱같은 정보조차 얻기 힘든 사건이라면, 더 많은 노력을 하고, 귀중한 단서를 하나라도 발견한다면 최선을 다해 검거에 나선다.

간신히 얻은 정보는 원유정과 함께 도박을 했던 사람의 인적 사항이었다. 그것을 통해 원유정이 진료받은 병원을 알게 되었다. 다시 병원에 공문을 보내 그녀가 사용했음직한 오래된 연락처를 전달받아 명의자를 확인했다. 역시나 다른 사람 명의로 된 전화번호였다.

원유정은 상습도박으로 5백만 원 형을 선고받은 뒤 195만 원은 구속 기간만큼 공제를 받았다. 당시 하루 환산액은 5만 원이었다. 195만 원을 공제받았으니 약 40일 정도 복역을 한 뒤 출소를 한 것이다. 305만 원은 돈으로 내든지 교도소에서 5만 원씩 공제하면서 복역하든지 해야 한다

어느 정도 나이가 있는 여성들의 경우 조용히 숨어 지낸다면 사실상 검거가 불가능한 유형이다. 교도소 생활을 했던 터라 벌금을 납부하지 않으면 다시 교도소에 간다는 것을 알고 있으므로 자신의 존재가 드러나지 않도록 더더욱 행동 하나하나를 조심했을 것이다. 그 탓에 정보 하나를 얻어내는 것에도 많은 어려움이 따랐다.

한데, 연락처를 받았다고 해도 그 번호를 실제로 원유정이 사용하고 있다고 장담할 수가 없었다. 병원에서 진료 접수하면서 연락처를 적는 곳에 함께 간 사람의 번호를 적었을 수도 있었다. 미집행자가 사용하는지 확인 절차 없이 위치 추적을 실시하고 통화 내역을 분석하는 것은 너무 무모해 보였다. 그렇다고 거의 2년 넘게 도망을 다닌 미집행자에게 전화를 걸어 벌금을 납부하라고 설득하여 어렵게 얻은 수사의 단서를 노출할 수는 없었다.

원유정이 사용할 것이라고 가정을 하고 수사관인 내가 전화를 걸어 용건을 밝히면 틀림없이 전화를 해지할 것이 뻔했다. 확보된 전화번호를 원유정이 사용하는지 확인하는 것이 우선순위였다. 또, 전화를 건 사람이 검찰 관계자라는 의심이 들게 해서는 안 된다. 기지가 필요한 순간이었다.

나는 전산실에 근무하는 실무관에게 대신 전화를 걸어달라고 부탁을 하고는 옆에서 전화 내용을 듣고 있었다.

"원유정이니? 너 간주 여고 졸업한 원유정 맞아?"

"어 맞아. 누구니?"

이런 우연의 일치라니. 그런데 큰일이다. 하필 실무관이 고른 학교가 원유정이 실제 졸업한 학교라니. 근처에 열 개 여자 고등학교가 있는데 우연히도 원유정이 졸업한 학교를 고른 것이다. 수사기관에서 근무하는 사람답게 실무관은 곧바로 받아쳤다.

"어, 나 학생회장하던 강원숙."

"아, 그렇구나 오랜만이네."

"나도 오랜만이네. 다름이 아니고 고등학교 졸업 30주년 맞아서 행사 준비하는데 참석을 부탁하려고."

실무관은 그녀와 오랜 동창끼리 나눌 수 있는 이런저런 이야기를 더 하고 전화를 끊었다. 중년 여성들은 어떠한 주제로도 한 시간 이상 떠들 수 있다는 말을 믿게 되었다. 확보한 전화번호는 다행히 원유정이 사용하고 있었고, 실무관이 검찰 관계자라는 것을 전혀 눈치채지 못했다.

시작이 좋다. 성공적인 준비 작업이었다. 나는 곧장 검거를 위한 채비에 들어갔다. 늘 하던 대로 실시간 위치 추적을 실시하고 통화내역을 분석했다.

그렇게 완벽하게 준비를 마치고 세 시간을 달려 문제의 다방에 도착했다. 목표지점은 보은군 현남리(가칭) 소재의 다방이었다. 함께 검거를 떠난 동료와 나는 원유정이 그 다방에서 티켓 일을 하고 있을 거라고 생각했다.

지금도 그곳으로 향하던 길이 생각난다. 모든 일과를 마치고 저녁에 미집행자를 검거하러 가는 두 명의 수사관, 남들은 집에 들어가 쉬고 있을 때 길을 떠났다. 하늘에는 이제껏 보아온 달보다 훨씬 밝은 달이 떠 있었다.

마흔이 되어서야 이효석의 <메밀꽃 필 무렵>을 이해하게 되었다. 전문 작가가 아니라서 적절한 표현을 찾을 수 없지만, 오가는 차 한 대도 없는 칠흑같이 어두운 길 위에 뜬 달을 보는 마음이 허생원의 마음이었을 것 같다는 생각을 했다.

나는 태연하게 다방에 들어가서 홍차를 한 잔 시켰다. 그리고는 원유정이 나타날 때까지 느긋하게 마시기 시작했다. 그런데 아무리 시간이 지나도 그녀는 나타나지 않았다. 불길한 예감이 들었다. 워낙 좁은 동네라 근처 어딘가에는 있겠지만, 적어도 이곳에서 일하는 건 아닐 가능성이 커지기 시작했다.

다방 여직원을 불러놓고 이런저런 이야기를 늘어놓으며 탐문을 한 끝에 여기가 원유정이 일하는 다방이 아니라는 판단을 했다. 황급히 다방을 나와 통화 내역상에 기록되어 있던 노래방 두 곳을 더 탐문했다. 하지만 그곳에서도 허탕을 쳤다. 설상가상으로 원유정의 핸드폰 전원이 꺼진 상태가 되었다. 배터리가 다 되었거나 우리의 추적을 눈치챈 것이었다. 후자일 가능성이 컸다.

사실 은근히 바란 일이기도 했다. 탐문을 하는 와중에 전화를 껐다는 것은, 누군가를 통하여 자신이 추적당하고 있다는 사실을 알았다는 것이다. 그렇다면 적어도 지금까지 탐문했던 장소 중 한 곳에서 원유정에게 연락을 한 것일 테니 그 사람을 찾아 압박하면 된다.

원유정의 휴대폰이 꺼진 시점에 방문했던 노래방을 다시 갈 필요는 없었다. 우리가 있는 상황에서 전화를 걸 수는 없었을 테니까. 다시 다방으로 향했다. 원유정에게 검찰 수사관의 추적을 알려준 다방 여종업원은 나의 압박에 대한 정보 제공격으로 이런저런 정보를 알려주었다. 이곳에 노래방이 세 곳 있는데 다방은 차를 팔아서 운영되는 것보다 티켓을 팔아 노래방 도우미로 가는 경우가 많다고 말해 주었다. 티켓비로 다방이 운영이 되니 원미자는 노래방에 나갔을 것이라고 했다.

나는 허를 찌를 준비를 마치고 주인을 찾았다. 마침 다방 업주도 가게에 있어서 업주에게 내 신분을 밝히고 원유정을 잡을 때까지 영업을 하든지 말든지 이곳 다방과 노래방을 계속 찾아올 거라고 했다. 다방과 노래방이 굴러가는 시스템을 알아버린 나는 순식간에 갑이 되었다. 업주는 마지못해 원유정이 일하고 있는 곳을 알려주었다.

우리는 그곳에서 잠복을 시작했다. 다방 동료는 내게서 수사관의 냄새를 맡고 원유정에게 귀띔을 해줬지만 업주는 노래방을 놓치지 않기 위해서 원유정을 내주었다.

몇 시간 지나지 않아 원유정 검거에 성공했다. 인근 지구대로 인계하려고 했는데, 원유정은 상주 인근 지구대에 아는 사람이 있었는지, 불쑥 상주로 데려가 달라고 요구했다. 억지스러운 요구를 고분고분 받아줄 내가 아니기 때문에 따끔하게 한마디했다. 그리고는 곧장 지구대에 넘겼다.

하지만 원유정은 끈질겼다. 나보다 더 법을 잘 아는 것처럼 행동하며 원하는 서류를 해달라고 이것저것 요구했다. 몇 가지 서류 요청은 조금 억지스러운 면이 있었지만, 몇 가지는 일리가 있었기에 잠자코 서류를 작성해 주었다.

그렇게 원유정이 원하는 양식의 서류를 모두 작성해 주니 새벽 2시가 넘었다. 원유정이 일하던 다방에 검거 사실을 알리고 검찰청으로 돌아오니 시간은 새벽 5시가 넘어가고 있었다. 함께했던 동료는 집으로 돌아갔지만 나는 집까지 갈 기력도 남아 있지 않아서 당직실에 몸을 눕혔다.

명품백 검거

점심을 먹고 난 후, 사무실 가득 나른함이 감돌았다. 그 나른함을 깨고 누군가의 위치 정보를 알리는 알림이 '딩동' 하고 도착했다.

내가 목표로 삼은 공만배(가명)는 주로 폭행, 상해, 추행 등의 범죄를 저지르는 고액 벌과금 미집행자였다. 구속되지 않은 상태로 재판을 받을 수 있는 한계에 있었다. 구속하자니 피해가 경미하고 구속하지 않으려니 개전의 정이 보이지 않았다. 결국 범죄행위 여러 개가 병합되어 벌금 천오백만 원이 선고되었다. 징역형에 가까운 벌금형이었다. 일반인이 내기 쉽지 않은 금액이다.

"떴습니다. 가시죠."

법원에서 발부받은 실시간 위치 추적 영장을 통신사에 넣어 놓고 기다리던 중이라 바로 벌떡 일어나서 행정관을 불렀다. 하지만 동료들은 모두 월례 조회에 참석한 상태여서 사무실에는 나와 행정 업무 담당 여직원만 남아 있었다. 곧 회의실에 전화를 걸어 지금 상황을 알리고 곧바로 운전직 행정관을 회의에서 빼 왔다.

공만배는 작은 도시에서 활동하는 전국구 폭력 조직원이었다. 전과가 화려할 뿐 아니라 폭력 사건을 뒤에서 조종하는 인물이다. 이번 작전은 공만배의 주특기인 폭력 상황을 만들지 않고 잡는 것이 가장 중요했다. 그가 저지른 죄에 대해서는 관심이 없다. 내 눈에 그는 오로지 천오백만 원짜리 명품백으로 보일 뿐이었다.

수사관이 사건을 명품백처럼 생각하냐고 나무랄 수도 있다. 그럼에도 불구하고 공만배는 우리 팀의 실적을 엄청 올려주는 명품백에 불과할 뿐이다. 고액의 벌금을 지속적으로 미납하고도 여전히 자신의 폭력성을 거침없이 드러내는, 소위 언제 '헤까닥' 갈지 모르는 자이다. 긴장하지 않을 수 없다. 공권력의 집요함을 보여주어야 할 때다.

어렵사리 파악한 그의 소재지에는 출입구가 다섯 개 있었다. 곧바로 들이닥치기 전에 멀리 떨어져 은신처를 살피다가 112 상황실로 전화를 걸어 경찰관을 지원 요청했다. 근처 지구대에서 여섯 명이 지원을 나왔다. 각 출구에 한 명씩 배치하고 공만배가 특정문을 통하여 탈출을 시도할 경우 무전을 치면 곧바로 경찰관이 오도록 조치했다. 모든 준비를 마친 나와 행정관은 주 출입문으로 들어갔다.

주 출입문 안쪽에는 어두침침하게 조명을 유지한, 얼핏 보기에는 PC방 같은 공간이 있었다. 조심스럽게 어두운 조명 사이를 헤치며 나가다가 건너편에서 두 명의 덩치 큰 사내들과 함께 있는 공만배를 발견했다. 컴퓨터 앞에서는 초등학생으로 보이는 아이들 여러 명이 열심히 게임을 하고 있었다. 아이들에게 게임 아이템을 채굴하게 하고, 채굴한 아이템을 고가로 파는 것이다. 아이들을 착취해서 돈을 버는 신종 사업이다.

나는 시간이 날 때마다 검거해야 할 미집행자의 사진에 말을 걸곤 한다. 내가 미쳤냐고? 그렇지는 않다. 계속 사진을 보고 있으면 미집행자의 사진이 살아있는 것처럼 움직이며 내게 말을 걸어오는 것처럼 느껴진다. 그런 시뮬레이션을 통해서 미집행자를 직접 맞닥뜨렸을 때 미집행자가 어떤 얼굴을 하고 있을지 가늠해 보는 것이다. 정지된 사진 속 인물이 아니라 인상을 찌푸리고, 일부러 큰소리로 말하며 허세를 부리고, 의기양양한 표정으로 걸어 다니는 것을 상상해 보면 조금 더 수월하게 미집행자를 알아볼 수 있었다.

그래서인지 미집행자를 직접 보게 되면 왠지 모를 반가움이 솟는다. 마치 오래 전부터 알고 지냈던 사이 같은 느낌이랄까. 그날 마주친 미집행자 역시 친근해 보였는데 옆에 서 있던 덩치 큰 사내들은 별로 달갑지 않았다. 미집행자를 잡으려 하면 분명 저들과 대치하게 될 것이고, 내가 가장 우려하는 폭력 상황이 일어날 것 같은 불안감이 들었다.

순간적으로 어떤 상황을 만들어 내는 기지를 발휘해야만 했다. 나는 아무렇지도 않은 척 그들에게 다가가며 전혀 다른 이름을 불렀다.

"김만대 씨 계신가요?"

불쑥 공만배와 전혀 상관없는 이름이 나왔다. 그 역시 조폭이었지만 개심하여 착하게 살고 있는 자였다. 그래도 조폭이었기에 공만배와 어느 정도 친분이 있을 게 분명했다. 좁은 동네라 서로를 잘 알고 있을 것이었다.

예상은 적중했다. 공만배와 덩치 둘은 내가 나타나자 경계심 가득한 눈빛을 보내고 있었는데, 내가 전혀 상관없는 사람의 이름을 부르자 곧장 경계심을 거두었다. 그들의 눈빛에서 날카로운 살기가 사라지는 것을 느꼈다.

사람에게 환경이라는 것은 너무나 중요하다. 환경에 따라 한 인간이 얼마나 달라질 수 있는지 많은 예를 보아 잘 알고 있다. 환경이 바뀐다면 전혀 다른 인간으로 성장할 수 있기 때문이다. 그 성장 속에서 그 사람 본연의 모습은 흔적도 없이 사라진다.

내 앞에 선 떡대들과 공만배는 어두침침한 환경에 익숙한 인간들이다. 폭력과 범죄로 얼룩진 환경 속에서 그들은 특정한 냄새를 맡는 기술을 스스로 터득하고 발달시켰다. 가령 얼굴만 보고도 상대를 이길 수 있는지 판단하거나 저 사람이 무슨 목적으로 나타난 것인지 알아차리는 것처럼 동물적인 감각이 발달하게 된다. 그들은 그렇게 성장을 했고 매번 드나드는 교도소와 구치소에서 나는 냄새에도 이미 익숙해질 만큼 익숙해진 상태였다. 내가 그들 앞에 나타났을 때 그들은 아마도 나에게서 위협적인 냄새를 맡았을 것이다.

하지만 그들에게 그런 감각이 있다는 걸 나 역시 모르지 않았다. 그들에게 냄새를 맡는 감각이 있다면, 나에게는 냄새를 지우는 요령이 있다. 내가 엉뚱한 사람을 찾으며 냄새를 지우니까 그들은 저절로 안도한 것이다.

"김만대는 없는데요. 어디서 왔어요?"

공만배가 답했다. 사실인지 아닌지는 알 수가 없었다.

"그래요? 저는 검찰청에서 왔어요. 그분 좀 만나야 하는데. 그럼 선생님의 성함은 어떻게 되세요?"

나는 또 한 번 모른 척하고 미집행자의 이름을 물었다.

"강도성이요."

"주민번호가 어떻게 되세요? 혹시 김만대 아니에요? 비슷하게 보이는데."

"000000-0000000. 강도성인데요."

나는 공만배가 불러준 강도성의 주민번호를 종이에 적어 밖으로 나왔다. 곧장 경찰관에게 건네 조회하게 했다. 물론 강도성은 수배가 되어 있지 않은 깨끗한 사람이었다.

나는 약간 어리숙한 척하며 그들과 이런저런 대화를 더 나눴다. 이런 어리숙한 수사관을 보던 떡대들도 공만배의 신원을 보증하려 거들다가 지쳤는지 틈을 보였다. 나는 속으로 웃으며 이때를 놓치지 않았다.

"어? 가만 보니 공만배 씨 같은데, 비슷하게 생겼네. 내가 우리 검찰청에서 유명한 사람 얼굴은 다 외우거든요."

"아니라고요. 전 강도성이라니까요."

이때부터 공만배는 상황이 심상치 않게 돌아가는 것을 느끼기 시작했다. 그러나 그것을 눈치챘을 땐 너무 늦어 있었다. 공만배는 나의 대답을 회피하면서 게임에 빠져 있는 아이들 사이로 이리저리 빠져나가며 초조하게 출입구 문을 열었다 닫았다를 반복했다. 문을 열 때마다 경찰관이 문밖에 버티고 서있는 것을 보고는 문을 닫았다. 자신이 경찰관들에게 포위가 된 사실을 알게 된 것이다.

"우리가 찾는 사람이랑 너무 닮았는데. 김만대보다 공만배 씨가 우리 검찰 수사관 사이에서 더 유명한데 공만배 씨 맞지요?"

"아니라니까요, 정말 아니에요."

"아, 그래요. 김만대 잡으러 왔다가 공만배 잡아가는 줄 알고 좋아했는데 정말 아니예요?"

"정말 아니라고요."

"내가 보기에 딱 공만배인데 강도성이라고 하시네. 그럼 이 참에 주민등록 정리도 하시고 지문 감식도 해보죠. 이거 내가 고쳐서 바로잡아 드릴게. 그리고 모두 끝나면 여기에 다시 모셔다 드릴 테니 같이 가시지요?"

결국 공만배는 경찰관들에게 둘러싸여 도망갈 틈을 잡지 못하고 수사 차량에 올랐다. 지구대에 가면 강도성이라는 것을 증명할 수 있다고 생각했는지도 모른다.

나는 곧장 가까운 지구대로 가서 경찰관들에게 사실 관계를 설명했다. 그리고 기록 사이에 숨겨 놓았던 공만배 사진을 보여주었다. 경찰관들은 이구동성으로 앞에 서 있는 사람이 공만배가 맞다고 했다. 공만배는 짜증을 내며 아니라고 반박했다.

"그럼 경찰서 가시죠. 이런 거는 빨리 정리를 하셔야 돼. 지문 감식하고 주민번호 정리를 하세요. 이거 계속 이러고 다니시면 안 되지. 내가 책임지고 바꿔 드릴게. 내가 보기에 딱 공만배인데 강도성이라고 하시네."

나는 더 정확한 신원 확인법을 제안했다. 그랬더니 공만배는 어쩔 수 없이 경찰서로 또 따라나섰다. 스스로 점점 도망칠 수 없는 수렁으로 빠져 들어갔다. 경찰서에 도착해서 지문 감식을 실시했다. 경찰서 지문감식반에서는 공만배가 맞다고 확인을 해줬다. 이번에도 공만배는 자신은 공만배가 아니라 강도성이라고 주장했다.

"그럼 검사님께 지휘를 받아 보도록 하죠. 지금 있는 이야기 그대로 검사님께 가서 이야기 하셔. 검찰청까지 가시죠."

"예, 가겠습니다."

나는 싱글벙글 웃으며 검찰청으로 미집행자를 데리고 갔다. 이동하는 차 안에서 나는 말했다.

"그런데 지금 강도성 신분증 나한테 주셨잖아. 남의 신분증 수사관에게 제출하는 거 죄가 되는 줄 알죠? 검사님은 범죄를 보면 즉각 어떤 죄목인지 인지합니다. 그러니 공문서 부정행사죄로 처벌받을 겁니다. 이것만으로도 못 나와. 벌금이 문제가 아니야. 그거 아셔야 해."

이 말을 들은 공만배는 사색이 되었다.

"죄송합니다. 저 공만배 맞아요. 제가 긴장을 많이 해서 그랬어요."

퇴근 무렵, 소도시인 이곳에 여섯 명의 경찰관이 공만배를 달고 검찰청 집행과에 나타났다는 소문이 금방 퍼졌다. 공만배는 미집행자일 뿐 아니라 살인미수로 경찰에서 찾고 있는 상태였다.

사실 내가 진행하는 검거는 미집행자가 벌금만 내면 끝나는 일이었다. 그런데 살인미수로 수배가 되어 있는 상태는 또 달랐다. 경찰에서 체포영장을 발부받아 놓은 것이다.

제일 앞에서 뛰듯이 달려오던 경찰관은 공만배에게 소리를 지르다시피 했다.

"너 어디 숨어 있었냐? 내가 너 잡으려고 무지 찾아다녔는데."

공만배는 고개를 숙인 채 힘없이 대답했다.

"죄송합니다."

그러자 또 다른 형사도 거들었다.

"내가 네 집 앞에서 며칠 동안 잠복하고, 너희 누나 집에도 여러 번 갔는데, 너 도대체 누구한테 잡힌 거야?"

"저분한테요."

무엇이 억울한지 공만배는 입을 삐죽 내밀며 나를 가리켰다. 경찰관은 내게 머리를 숙여 인사를 했다.

"아이구 이분 잡으러 많이도 다니셨네. 이제 잡았으니 미제 하나 털겠네요."

"예, 다행입니다. 최 수사관님 맞으시죠? 이쪽 바닥에 소문이

파다합니다. 모조리 다 잡는다면서요. 미집행자 씨를 말리신다고…….”

“뭐 시간 날 때마다 잡습니다. 집행도 중요하니까요.”

폭력 상황을 우려하고 검거에 나섰는데 나의 기지로 아니 연기로 수월하게 해결한 사건이었다.

그후 공만배는 살인미수로 재판에서 징역 7년을 선고받았다.

스릴러가 코미디로 바뀌는 검거

주말 저녁 8시경, 저녁을 먹고 주말을 마무리하는 편안한 시간을 보내고 있었다. 갑자기 핸드폰이 울렸다. 불길한 예감에 발신자를 확인해 보니 함께 현장으로 출동하는 행정관이었다. 바로 검찰청으로 가야 할 것 같은 예감으로 전화를 받았다.

집에서 쉬고 있는 사람에게 전화를 건 것이 미안했는지 행정관은 먼저 밥은 먹었냐고 말을 시작했다. 나는 어서 본론이나 이야기하라며 너털웃음을 지었고, 행정관은 단도직입적으로 시효 임박 벌금 미집행자 위치가 파악되었다고 말했다.

행정관은 배려심이 많은 사람이다. 하루에도 수백 번 쉬지 않고 울려대는 내 핸드폰을 보는 것이 딱했는지 자신의 핸드폰으로 실시간 위치추적 알림 문자가 오게 해도 된다고 했다. 문자만 받는 것이라 그리 미안해 하지 않아도 되는데 내 업무가 많아 쉴 틈이 없어 보이는 게 조금 안되어 보였나 보다. '어제 구리까지 출장 가서 시효 임박자 두 명이나 검거했는데 오늘은 좀 쉬죠?' 이 말이 목구멍까지 올라왔지만 가까스로 삼켰다. 대신 이렇게 말했다.

"어딘데요? 지금 가겠습니다."

언제부터인가 생각과 말이 반대로 나오기 시작한 것 같다. 투철한 사명감 때문도 올바른 사회를 이루겠다는 정의감 때문도 아니다. 그런 거창한 것보다는 오히려 헛소리나 잠꼬대에 더 가깝다고 할 수 있다. 그냥 하는 거다. 내가 해야 할 일이고 그 순간에 해야 하는 일이면 바로 하는 것이 맞다. 내 업무는 업무시간이 끝나서라든지, 다음에 하자는 한가한 핑계를 댈 수 있는 일이 아니다.

반바지 민소매 차림에 슬리퍼를 끌고 곧장 집을 나섰다. 되도록 수사관 티를 내지 않으려고 복장을 허술하게 갖추었다. 멀리 송어횟집이 보였다. 이번 미집행자는 상황이 급박한지라 통화 내역이나 위치 추적 정보없이 미집행자 아내가 일하는 송어횟집만이 유일한 단서였다. 말이 좋아 단서지, 사실 그것 말고는 아무것도 없었다. 행정관은 횟집 앞에서 잠복을 했었던 것 같다.

곧이어 전화를 걸어온 행정관이 합류했다. 나는 행정관에게 뭐라도 좀 먹겠냐고 물었다. 행정관은 오늘 당직을 서고 이런저런 일을 바쁘게 처리해서 그런지 저녁 생각이 없다며 사양했다. 하는 수 없이 편의점에서 샌드위치와 우유로 간단히 끼니를 때우게 했다. 그렇게 송어횟집이 영업을 종료하고 불이 꺼지기를 기다렸다.

두 시간 정도 기다리니 가게 안에서는 마감 준비를 시작했다. 동시에 골목 저 멀리에서 미집행자 한영석(가명)이 나타나 우리가 원하는 위치에 앉았다. 아내를 마중해서 집으로 가려고 온 듯 보였다.

후다닥 차에서 내려 곧장 한영석에게 다가갔다. 그리고 백화점 명품 매장 앞에서 인사하는 직원처럼 90도로 허리를 굽혀 공손하게 인사를 하고 본론을 꺼냈다.

"안녕하세요, 검찰청에서 나왔습니다. 저희 왜 왔는지 알고 계시죠?"

이 말을 할 때면 항상 말끝이 올라간다. 신경질 내는 것은 아니다. 확답을 받아내겠다는 단호함 때문에 은연중에 말에 힘이 들어가는 것 같다. 한영석은 잘 알고 있다며 고개를 끄덕였다. 그러고는 순순히 우리를 따라나섰다.

"죄송합니다. 늦은 밤에."

"괜찮습니다."

한영석을 차에 태우고 뒤돌아보니 수상한 분위기를 감지하고 가게에서 나온 그의 아내가 보였다. 그녀는 멀리서 바라보기만 하고 있었다. 사실 한영석의 처 민지원(가명)은 여기저기서 돈을 빌리고 떼먹은 것으로 고발되어 사기죄로 수배상태였다. 이미 남편을 검거한 상황이지만 나도 모르게 잠시 망설여졌다. 검거를 해야 하나 말아야 하나 갈등한 것이다. 그러나 검거를 무를 마음은 어디에도 없었다.

나는 천천히 한영석의 아내에게 다가갔다.

"민지원 씨 되시죠?"

"저 아닌데요."

"그럼 성함이 어떻게 되세요?"

그녀는 당황했는지 거짓말을 했다. 하지만 내가 뜸 들일 틈 없이 질문을 던지자 허둥대며 잘 대답하지 못했다. 성급하게 둘러대는 데 실패한 그녀는 민망했는지 고개를 숙였다.

"아주머니도 저희랑 같이 가셔야 해요. 사기죄로 수배된 거 알고 계시죠?"

이미 민지원이 한영석의 아내라는 것을 알고 있었지만 나는 그녀가 나타나지 않기를 바라고 있었다. 부부를 한꺼번에 모두 교도소에 넣고 싶지는 않았다. 남편이 교도소에서 나오면 사건 수배를 한 검사실에 통보해서 부인을 검거하게 만들 작정이었다. 내가 너무 많은 재량을 남발하는 것인가. 한데 민지원이 내 눈에 띈 것이었다.

그녀는 말없이 고개만 끄덕였다. 그러더니 이내 삶아 놓은 뼈다귀에 양념만 하고 가게 해달라고 부탁했다. 그러라고 말하고 그녀를 뒤따라 주방에 들어섰다.

주방에 들어선 순간 두 눈이 휘둥그레졌다. 지금까지 살면서 본 솥 중에서 가장 큰 솥이 거기 있었다. 그 안에서는 뼈다귀가 끓고 있었고, 체포영장이 발부된 민지원은 무지막지하게 큰 국자를 손에 쥐고 있었다. 국자를 얼마나 세게 젓는지 두툼했던 손바닥이 납작해졌다. 그녀는 갑자기 국자로 국물을 떠서는 내 얼굴 가까이 들이밀었다. 마치 내 얼굴에다 국물을 들이부으려는 것처럼 보였다.

순간 아찔했다. 오만 가지 생각이 머리를 스쳤다. 저것을 나에게 부으려는 건가? 집을 나오기 전 아내가 꿈자리가 뒤숭숭하니 오늘 조심하라고 말한 것도 떠올랐다. 펄펄 끓는 국물은 둘째치고 저 국자에 맞아도 머리가 쪼개지겠다는 생각이 들 정도였다.

"맛 좀 보실래요?"

하지만 내 예상은 전부 빗나갔다. 순식간에 온몸의 긴장이 풀렸다. 스릴러가 갑자기 코믹 장르로 바뀐 기분이었다. 나는 맛을 보고서는 '딱 좋습니다'라고 했다.

민지원은 주방 아주머니에게 간은 맞은 것 같으니 다음을 잘 부탁한다는 말을 남기고 나를 따라나섰다.

"너무 걱정하지 마세요. 지난주 제가 검거한 사람이 있는데 수배가 다섯 건에 피해 금액도 아주머니랑 똑같았는데 교도소 안 갔어요. 조사받고 금방 나올 수도 있어요. 요즘에는 애 데리고 병원도 다녀오고 해요. 고소한 사람한테 무조건 잘못했다고 비세요."

나는 그녀에게 진심 어린 위로와 조언을 건넸다.

이런 사소한 말들이 그들에게 위로가 된다는 것을 처음 일을 시작했을 때는 알지 못했다. 시간이 어느 정도 흐르고 나서야 내가 검거한 사람들의 입장이 돼 볼 수 있었다. 내가 저들의 입장이라면 어떤 말을 듣고 싶을지 생각하게 되었다.

그런 생각을 하다 보니 그들에게 필요한 건 위로라는 것을 알게 되었다. 물론 다 나의 조언대로 되지는 않았지만 말이라도 그렇게 해주는 게 고맙다고 했다. 그 이후로는 내게 아찔한 경험을 선사한 미집행자라도 따스한 한마디를 건네기 위해 노력하고 있다.

03

오늘도 담담하게

집행 수사관의 존재 의미

집행 수사관의 존재 의미는 미집행자들을 있어야 할 곳에 제대로 빨리 보내 질서를 유지하는 데 있다. 미집행자들은 자신들이 저지른 범죄에 따른 처벌을 받고 마땅히 있어야 할 곳에 있어야 한다. 이들이 제자리에 있지 않고 이리저리 도망 다니다가 다른 범죄를 저지를 수도 있고, 다른 사건의 피해자가 될 수도 있다.

겨울이 끝나갈 무렵, 인근 검찰청에서 연락이 왔다. 시효가 3개월 남은 사안이 있는데 촉탁을 보내도 되겠냐는 것이었다. 규정상 안 된다는 조항은 없으나 통상 자유형 미집행자는 주소지 관할을 이유로 촉탁을 보내지 않는 것은 불문율에 가깝다.

허락을 신경 쓰지 않고 전산 처리하면 될 것을 직접 전화까지 하는 걸 보니 많이 미안했나 보다. 한편으로는 시효가 얼마 남지 않은 사안을 다른 곳에 미루어 번거롭게 일을 처리하는 것에 의문이 들었다.

하지만 시효가 임박해서 촉탁을 보내면 어떻게 하냐는 등 신경전을 벌일 시간에 일을 빨리 처리하는 게 훨씬 효율적이기에 흔쾌히 그러라고 답했다. 내가 안 하면 또 다른 누군가에게 넘어갈 걸 알기 때문이다. 내가 받겠다고 대답했지만 손해 본다는 생각은 들지 않았다. 다만 나는 내 일을 할 뿐이다.

나의 존재 의미를 생각해 보게 한 청소 아주머니 한 분이 떠오른다. 오래 전 작은 검찰청에서 근무를 했다. 직원은 모두 합쳐봐야 30명 안팎이었다. 규모가 작기로는 전국 검찰청 가운데 다섯 손가락 안에 드는 청이었다. 오래된 청사 건물은 세월의 더께가 앉아 낡고 지저분했다. 곧 새 청사가 지어질 예정이었다.

아주머니 한 분이 온 청을 도맡아 청소하고 있었다. 50대 초반으로 일하는 모습이 남달랐다. 청소를 아무리 깨끗이 해도 표가 나지 않는 허름한 청사임에도 불구하고 출근하면 계단 끝에 미끄러지지 말라고 설치된 황동색 쇠판이 언제나 반짝반짝 빛났다. 게다가 하지 않아도 될 일을 스스로 찾아서까지 하는 분이었다.

나는 누구에게나 스스럼없이 말을 걸고 이런저런 사는 이야기를 잘 나눈다. 당시에 가족과 나들이하는 것을 좋아해서 큰딸 아이를 앉힐 카시트를 주문했다. 카시트는 엄청 큰 박스에 포장돼 배달 왔다. 박스에서 카시트를 꺼낼 때 내가 버거워하자 아주머니가 박스 푸는 것을 도와주었다. 그분은 말하지 않아도 알아서 도와주는 성품을 지녔다.

나는 박스에서 꺼낸 카시트를 승용차에 설치하고 나서, 도와줘서 고맙다는 말을 하는 대신 "우와 비싸요, 비싸. 너무 비싸. 이 카시트 비싸네요. 아이가 학교 들어가면 돈 더 들지 않아요?"라고 너스레를 떨었다.

아주머니는 웃으면서 "수사관님, 뭣 하러 돈을 벌어요. 돈 벌어서 어디 쓰시게?"라고 말했다. 나는 잠시 동안 할 말을 잃었다. 아주머니는 내게 '너의 존재의 의미가 뭐냐?'라고 묻는 것 같았다. 수사관을 일을 충실히 하면서 봉급을 받아 그것으로 가족을 부양하는 게 나의 일이라고 말해 주는 것 같았다. 그런 대화를 나누고 나서 아주머니 인생의 깊이를 가늠해 보게 되었다.

얼마 지나지 않아 아주머니의 딸이 결혼한다는 소식을 들었다. 당시 청소 아주머니는 용역회사 소속으로 검찰청의 청소를 담당하고 있었다. 검찰청 직원이 아니라서 청 게시판에 딸 결혼 소식을 올리지 않았다. 나는 청첩장을 달라고 해서 축의금을 아주머니에게 드렸다. 아주머니는 청을 떠날 때 하얗게 잘 손질한

은행 한 되를 선물로 주었다.

시간이 지나 당시 함께 근무했던 수사관을 만나 이야기를 나누다가 아주머니 소식을 듣게 되었는데, 아주머니 사위가 행정고시 합격자라고 했다. 아주머니는 한 아이의 어머니로서 아이들을 키워나가는 자신의 소명을 잘 해낸 것 같다. 따님 또한 성실하고 진중한 사람일 것이 분명했다. 행정고시 합격자 사위를 얻은 것만 가지고 이런 이야기를 한다면 내가 너무 세속적인 사람일 것이다. 자신이 해야 할 일을 하지 않아 자신의 존재를 하찮게 만드는 사람을 볼 때면 아주머니 생각이 난다.

나와 함께 일하는 수사관과 행정관은 모두 성실하고 우수한 사람들이다. 나도 때로는 검찰 수사관이라는 직업에 회의가 들 때도 있고, 권태와 무력감에 휩싸여서 일을 적극적으로 처리하려 하기보다는 남에게 이리저리 떠넘기고 싶을 때가 있다. 이런 갈등이 꼬리를 물고 늘어질 때면 그때 청소 아주머니 말을 떠올리고 일에 다시 집중하곤 한다.

촉탁받은 사건으로 돌아가보자. 사기죄로 자유형 미집행자가 된 김미란(가명)의 추적 정보는 처참했다. 그야말로 모든 방법을 동원해 본 상태인데도 이렇다 할 쓸 만한 단서가 없었다. 서둘러야겠다는 마음에 인터넷 포털 사이트와 이동통신사, 시청과 도청, 고용지원센터 등 사실 조회를 의뢰할 수 있는 모든 곳에 연락을 넣었다. 곧 회신이 쏟아졌지만 김미란의 소재를 파악할 단서는 전혀 없었다.

결국 단 하나 남은 IP 추적을 시도해 보았다. IP 추적 방법에 대한 설명은 생략하려 한다. 추적자의 비장의 무기이기 때문이다. 핸드폰 위치 추적보다 한 발 더 나아간 수사기법이라 밝힐 수 없다. 만약 이 책을 읽고 있는 도망자가 있다면, 몇 달만 잡히지 않고 숨어 버티기를 바라는 도망자가 있다면 개인적으로 연락하길 바란다. 날고 기는 검찰 수사관 그 누구도 잡을 수 없는 장소를 알려주겠다. 단 안전하게 지낸 몇 달 후에는 자수를 해서 죗값을 받는다는 전제조건이 있다.

끈질긴 IP 추적 끝에 김미란이 대구에 있다는 사실을 알아냈다. 얼마 뒤 있을 교육에 다녀온 후 검거할 계획을 세웠다. 함께할 수사관에게 같이 가자고 제안했는데, 다른 자리로 이동 신청했기 때문에 그때가 되면 지금 자리에 없을지도 모른다고 했다.

다른 수사관의 일정 등 이런저런 상황을 살피니 그녀를 잡을 시간은 단 하루밖에 없었다. 말 그대로 '원샷원킬' 해야 한다. 곧장 대구로 향했다. 산전수전 다 겪어보았기에 시효완성 당일에 자유형 미집행자를 검거하는 것은 내게는 그리 어려운 일이 아니었다.

어렵사리 잡은 김미란의 태도는 우리를 당황스럽게 했다. 거주지 근처에 잠복하고 있다가 신분을 밝히고 집행을 고지하자 옆에 서 있던 남편은 이렇게 말했다.

"시효 끝나지 않았나요?"

나를 포함한 검찰 수사관들은 이런 질문을 너무나 듣고 싶어 한다. 왜냐하면 우리가 잡을 때까지 끝나지 않는다고 말할 기회가 주어지기 때문이다. 이 말 안에는 우리의 존재 이유가 그대로 담겨 있다.

대놓고 도망 다니며 시효의 완성을 기대하고 있다가, 며칠 남기고 잡히거나 심지어 삼십 분 남기고 잡히기는 사람들에게 '자수하셨으면 몇 년 전에 정상인으로 생활하셨을 텐데'라고 말해 주기도 한다.

죄를 짓지 않고 사는 것이 가장 기본이지만 죄를 저질렀을 때 안 잡힐 거라는 요행을 바라면서 도망 다니지 말고 죗값을 치르고 떳떳히 살라고 말하고 싶다.

미집행자들을 있어야 할 곳으로 빨리 보내는 것, 시효를 예의 주시하는 것, 그 안에 응당 치러져야 하는 무언가를 달성하는 것, 그것이 집행 수사관의 존재 이유이다. 나와 수사관들은 그 당위성을 온몸에 짊어지고 전국을 누빈다.

단 하나의 단서도 놓치지 않고

비가 주룩주룩 내리는 날이면 멍하니 창밖을 내다본다. 내가 좋아하는 풍경 중 하나다. 처마에서 떨어진 물방울이 바닥에 부딪히는 소리를 듣고 있으면 복잡한 생각이 모두 사라지기 때문이다.

그날도 비가 주룩주룩 내릴 것을 예보하듯 하늘 가득 먹구름이 끼어 잔뜩 찌푸리고 있었다. 얼마 지나지 않아 빗방울이 하나둘 떨어지기 시작했을 때 미모가 빼어난 젊은 여자가 나를 찾아왔다.

"어서오세요. 궁금하신 것이 있으세요?"

"예. 뭐 좀 여쭤보려고요."

그녀는 내 앞으로 다가와 차분하게 용건을 이야기했다. 비 오는 날의 무거운 공기와 그녀의 차분한 태도 덕분에 나도 최대한 차분하게 응대했다.

"말씀하세요. 제가 담당하는 업무는 법원의 재판 선고와 관련된 것인데요. 편하게 물으시면 됩니다."

내 답을 듣고 고개를 몇 번 끄덕이던 그녀는 잠깐 망설이는 듯하더니 이내 입을 열었다.

"집행유예가 선고되었는데, 또 다시 집행유예가 선고될 수 있나요?"

그런 경우를 많이 봐왔다. 불가능한 것은 아니었다. 내가 고개를 끄덕이며 대답하자 그녀는 다시 질문을 이어갔다.

"그럼 집행유예를 선고받은 뒤, 집행유예 기간 중에 다시 범죄를 저질러 또 집행유예를 선고받았어요. 그런데 이번에는 징역형을 선고받았습니다. 그렇게 되면 앞에 선고받은 집행유예는 어떻게 되는 것인가요?"

이 경우 집행유예 상태에서 징역형이 선고되면 이미 선고된 집행유예가 모두 실효로 바뀌기 때문에 앞서 선고된 집행유예 형까지 합해서 교도소에서 형을 살아야 한다. 내가 그렇게 안내하자 여자는 고맙다고 고개를 숙여 인사를 했다. 그리고 깊은 한숨을 쉬며 돌아섰다.

여러 달이 흐른 뒤 나는 검거해야 할 미집행자의 이름과 인적 사항이 정리되어 있는 장부를 들춰보았다. 엊그제 한 명을 검거해서 형을 집행했기에 장부에서 아무나 골라 전력을 다해 검거를 하면 되었다.

업무를 시작한 지 얼마 되지 않았을 때 미집행자가 된 사람을 다른 업무 파악하느라 장부에 적어놓기만 하고 적극적으로 검거에 임하지 않았다. 그중 손경만(가명)이 눈에 들어왔다. 오랜 시간 공을 들여야 검거할 수 있겠다는 불길함이 느껴져 한 템포 쉬어가자는 취지에서 묵혀두고 있던 자였다. 에너지가 충만할 때 잡아야 하는 부류기도 했다.

일반적으로 석 달 안에 검거하지 못하는 미집행자는 공권력을 우습게 알고 다른 사람의 주민번호를 도용해서 다니거나 다른 사람의 신분증을 빌려서 다니는 경우가 많다. 그렇기에 미집행자들이 도망 다니느라 힘을 빼게 그냥 두는 것도 전략이다. 손경만이 그런 부류다.

정보가 많으면 그만큼 검거가 수월해지기 때문에 손경만의 과거 모든 기록을 살펴보았다. 손경만은 오랫동안 조경업을 해왔다. 음주운전 사건도 여러 번 일으켰다. 하지만 폭력 전과는 없는 것으로 보아 검거할 때 폭력 상황으로 번질 염려는 없어 보였다.

전과기록을 살피다가 내린 결론은 손경만은 법을 신경 쓰지 않는 자로, 폭력성은 없지만 자기가 하고자 하는 것은 남에게 피해가 되든지 말든지 신경 쓰지 않고 한다는 것이다. 자신의 목적을 이루기 위해서는 수단과 방법을 가리지 않는 위험한 자다.

특이한 점은 절도가 많다는 것이다. 가장 최근에는 5톤 트럭에 포크레인을 싣고 가다가 마음에 드는 소나무를 발견하고 포크레인으로 파서 도망갔다고 나왔다. 잘 모르는 사람들은 어디에나 있는 소나무가 무슨 돈이 되겠냐고 말할 수도 있겠지만 조경을 하는 사람들에게는 큰돈이다. 한번 옮겨 심어서 살아나면 가격은 두 배로 뛰기 때문이다. 고층 아파트에 어울리는 키 큰 소나무는 2천만 원이 넘는 것도 있다. 그런 것을 겁도 없이 훔쳐서 달아나다니, 무법자에 세상에 겁나는 게 없는 부류가 분명했다.

손경만에게 취해야 할 조치는 모두 취한 상태였다. 차적 조회, 국민연금 조회, 홈쇼핑 주문내역, 고용보험 가입내역 조회, 전화 가입 사실 조회 등. 한 단계 더 나아가야 할 때가 된 것이다. 손경만에게 핸드폰 명의를 빌려준 사람을 찾아야 했다. 핸드폰이 없이는 살아갈 수 없는 시대니만큼 검거의 핵심은 핸드폰 번호의 확보였다.

일반적으로는 가족이 사용하는 핸드폰 번호를 찾아내고, 찾아낸 번호의 통화 내역을 분석해 미집행자가 사용하는 핸드폰을 특정한다. 그런데 무슨 일인지 손경만 가족 중 핸드폰을 두 개 이상 개통한 사람은 없었다.

먼저 고소인을 만나보기로 했다. 고소인은 언제나 아군이다. 사건 조회를 통해 고소인의 핸드폰 번호를 알아내고 그에게서 놀라운 말을 들었다.

"오늘 아침에도 포크레인 싣고 지나가는 걸 봤는데요."

대부분의 사람들은 자신이 거주하던 곳을 갑자기 떠나 타지에서 생활하기 힘들다. 특별한 사정이 없는 한 살던 곳에 계속 머무른다. 손경만도 마찬가지라서 미집행자가 된 특별한 사정이 있음에도 자기가 살던 곳을 떠나지 않은 게 신기했다.

"그 사람, 징역형이 선고된 것은 아세요?"

"아니요, 몰랐어요. 교도소 가면 합의금 받기 더 어려워지는데……."

"그래도 교도소 가게 되면 합의해 달라고 찾아오지 않겠어요? 그 사람 요즘 무슨 일을 해요?"

"요 아래 찜질방에 나무 대주는 일을 한다고 하던데요."

업무를 마친 후 곧장 고소인이 말한 찜질방에 가서 잠복을 시작했다. 그렇게 퇴근 후 찜질방에서 잠복하길 일주일이 지났다. 결과적으로 검거는 실패였다. 도저히 그를 찾을 수 없었다. 조급해진 나는 다시 고소인을 찾았다.

"손경만은 가족이랑 같이 살아요?"

"뭔 소리여? 매일 상습적으로 도둑질만 하는 놈하고 누가 살아. 결혼을 네 번이나 했어. 요즘은 아주 젊은 여자랑 산다던데."

갑자기 등골이 오싹해졌다.

'상습적인 도둑질'과 '젊은 여자'라는 단어가 머릿속에서 만나며 뜻밖의 단서 하나가 떠올랐기 때문이다. 전혀 연관이 없어 보이는 두 사건이 접점을 만나는 순간이었다. 몇 달 전 비가 오던 날, 집행유예를 여러 번 선고받으면 어떻게 되는지를 묻던 젊은 여자.

서둘러 사무실로 돌아와 손경만의 판결문을 출력했다. 첫 번째 범죄에서 집행유예 선고를 받고, 두 번째 범죄에서 다시 집행유예를 선고받았다. 세 번째 범죄를 저질렀을 때는 대법원까지 가서 징역 6월을 선고받았다. 점점 더 개연성이 짙어졌다. 손경만의 사건기록을 살펴볼 때 판결문을 찾아보지 않았던 것을 후회했다. 하지만 지금도 늦지 않았다. 손경만은 검거되는 즉시 3년의 형기를 채워야 했다. 앞선 범죄의 집행유예 선고가 실효되었기 때문이다. 이런 압박감 때문에 손경만은 여자를 대신 검찰청에 보내 상황을 확인해 본 것이다.

여자를 찾아야 한다. 그런데 어떻게 찾는다는 말인가. 안내실로 달려갔다. 비가 많이 오던 날을 특정해 청사를 방문한 민원인들의 이름을 적어놓는 민원인 출입대장을 확인하니, 거기에는 내게 질문을 한 젊은 여자의 이름과 주민번호가 또렷이 적혀 있었다.

기가 막힌 필연이다. 그녀는 검찰청 현관으로 들어와 신분증을 맡기고 이곳저곳에 문의를 했을 것이다. 공교롭게도 당시 그녀의 민원 문의 담당자가 나였고, 나를 찾아 집행 사무실로 들어온 것이다. 손경만과는 사실혼 관계로 손경만은 그녀의 명의를 빌려서 살고 있었다. 그렇다면 게임은 끝났다.

여자의 핸드폰을 조회하니 역시나 핸드폰이 두 개 개통되어 있었다. 두 개의 핸드폰 모두 실시간 위치추적 영장을 신청했다. 여자의 주민등록번호 조회를 실시해서 영상정보를 확보했다. 그녀는 초등학교에 다니는 아들 하나를 두고 있었다.

이동통신사에 영장을 집행하고 일주일 동안 기지국 위치를 확인했다. 2~3일에 한 번씩 두 대의 핸드폰 기지국이 일치했다가 다시 떨어졌다. 손경만이 그 주기로 여자와 만나고 있는 것을 말해주는 것이다. 여러 날을 지켜보다가 마침내 검거일을 확정하고 여자의 주거지 앞에서 잠복을 시작했다. 멀리서 우산을 흔들며 손경만이 다가오기 시작했다. 그는 웃고 있었다. 나도 활짝 웃으며 그를 향해 걸어갔다. 손경만이 검거되는 순간이었다.

며칠이 지나 대검찰청에서 집행유예가 실효된 사실을 통보해왔다. 나는 즉시 형 집행 지휘서를 교도소에 보냈다.

모든 일은 이유 없이 일어나지 않는다. 수사관은 검거해야 할 대상에 관한 단어 하나라도 놓쳐서는 안 된다. 항상 주변에서 일어나는 일에 신경을 쓰고 있어야 한다. 옆자리 수사관이 손경만의 문의 전화를 받을 수도 있다. 이럴 때는 알아보고 전화 드린다는 말을 한 뒤 전화번호를 받아 적어놓도록 당부를 해두어야 한다.

사건 기록 속 단 한 줄이 검거에 결정적인 도움을 줄 때가 있고, 참고인 진술 속 한마디가 손경만의 주거지를 찾게 하는 단서가 되었다. 단 하나의 단서, 그것이 우리가 찾는 전부라고 할 수 있다. 아마도 손경만이 검찰청으로 여자를 보내 물어보지 않았다면 검거가 더 어려웠을 것이다.

그 시간 그 지점

벌금형의 시효 완성 기간은 5년이다. 5년간 잡히지 않으면 벌금을 내지 않아도 된다는 말이다. 예전에는 2년 더 짧은 3년이었다. 2년이나 길어졌지만 여전히 기한 동안 대놓고 도망 다니는 벌금형 미집행자들을 잡는 건 어렵고 힘든 일이다. 그러니 3년이던 시절에는 어땠을까.

조금 현실적이고도 충격적인 이야기를 하면, 우리나라 재산형 집행률은 70%가 채 되지 않는다. 내가 일 년에 100일을 출장 다니며 죽어라 피고인을 검거했을 때 내가 속한 검찰청 검거율이 약 80% 정도되었다. 70%면 많이 집행이 된다고 생각하는지.

지금 경찰서에서 수사를 하는 사건 기록 가운데 30%가 형이 집행이 되지 않아 피의자가 처벌을 받지 않는다면 어떤가. 검사가 작성하는 공소장 10개 가운데 3개는 처벌이 되지 않고, 판사가 작성하는 판결문 10개 가운데 3개는 집행이 되지 않는다면 조금 충격적으로 다가올지 모르겠다.

이제 집행률 재고에 힘을 써야 할 때다. 30%는 결코 적은 숫자가 아니다. 다른 제품들은 별론으로 하고 우리나라 자동차 회사가 30% 할인 판매하는 것을 본 적이 없다. 그만큼 30%는 결코 작은 숫자가 아니다. 모두 제대로 집행이 된다면 우리 사회 복지에 더 많은 비용을 사용할 수 있을 것 같다는 생각을 해본다.

벌금형의 시효가 3년이던 시절, 인상적인 기억을 남겨주었던 미집행자가 있었다. 그들을 쫓아 마침내 검거에 성공했던 경험을 통해 한 가지 재미있는 버릇을 가지게 되었다. 고되기 그지없는 집행 전담 수사관 업무 속에서 발견한 혼자만의 즐거움인 동시에, 아슬아슬한 스릴을 느낄 수 있어 좋은 동기 부여가 되어주기도 한다.

강만도(가명)는 음주운전으로 벌금 7백만 원을 선고받았고, 심화섭(가명)은 음주와 폭행으로 벌금 1천만 원을 선고받았다. 결국 그들은 고액 벌과금 미납자인 동시에 시효임박 벌과금 미납자가 되었다. 검찰에서는 고액 벌과금 미납자와 시효임박 벌과금 미납자를 특별관리를 한다. 시효가 완성되기 전에 빨리 형을 집행해야 하는 대상자들인 동시에 고액이라 반드시 집행해야 한다. 나뿐만 아니라 미집행자들도 벌금형의 시효를 잘 알고 있었다. 그 기간만 어떻게든 버티면서 추적을 피해 도주해서 벌금을 내지 않으려는 자들이었다.

의외로 이런 사람들이 많다. 벌금이라는 것은 내지 않고 도망다니는 것이라고 생각한다. 잡히면 그제서야 내면 된다는 식이다. 그래서 집행률이 낮다고 생각한다. 이들은 주도면밀하게 움직일 뿐만 아니라 대범하기까지 했다.

시효가 점점 다가오는 것을 알고, 어느 날인가부터는 직접 내게 전화를 해오기 시작했다. 그리고는 아주 당당하게 자신들의 시효 완성일을 물었다. 수사관을 농락하려는 것이다. 어쩌면 그들도 아슬아슬함을 즐기는지도 모른다.

수사관인 내 입장에서는 기가 찰 노릇이었다. 미집행자가 자기 시효 완성일을 세면서 도주하는 상황이, 심지어 그 날짜가 맞는지 제대로 확인하기 위해서 수사관에게 직접 전화까지 걸어오다니.

강만도와 심화섭 사건은 시효 완성일 석 달 전에 일어났다. 전화기 건너의 그들은 매우 태연하게 자신들의 번호가 노출되지 않도록 전화를 걸어왔다. 매번 공중전화를 이용하거나 지인, 친구, 애인 등 다양한 이들의 번호를 빌려 시효 완성일만 묻고는 곧 전화를 끊어버렸다. 처음 전화를 받았을 때부터 그들의 목적을 눈치챘다. 하지만 나는 오히려 더 태연하게 그들이 원하는 정보를 알려주었다. 더해서 겉으로는 집행에 큰 관심이 없는 척 연기를 했다. 하지만 뒤에서는 전화 온 시간을 모두 기록하고 상대방의 특징을 일일이 메모해 두었다. 동시에 그들에게서 걸려온 전화번호마다 전부 다 실시간 위치 추적하고 통화 내역을 분석했다.

공중전화, 휴대폰 가리지 않고 전부 다 추적했다. 그들은 내가 공중전화까지 추적할 거라고는 예상하지 못했겠지만 나는 모든 것을 철저하게 조사하고 계획하는 사람이다. 그들과 통화를 할 때 그들의 비겁함과 양심 없음에 분노하면서도 그 감정을 차분히 숨기고 그들의 속내를 전혀 모르는 것처럼 행동한 것까지, 그 모든 것이 그들을 검거하려는 내 치밀한 계획 안에 들어 있었다.

그런 치밀함 속에서 계획의 90% 이상이 완성되길 기다렸다. 마침내 수많은 위치 추적을 통해 그들의 거주지를 특정해 냈다. 기다리고 기다리던 시간이 된 것이다. 하지만 그런 상태에서도 바로 출동하지 않았다. 대신 가장 완벽한 날을 골랐다.

파렴치한 미집행자들이 가장 안심하고 있을 날, 그들의 계획이 제대로 성공했다고 확신하고 있을 날, 수사관과 수사기관을 조롱하며 벌금으로부터 벗어날 수 있다는 환상을 가득 품게 될 날, 그들의 시효가 끝나는 바로 그날, 그들을 잡으러 출동했다. 나 역시 놓치게 되면 시효가 완성되고 만다는 부담이 있지만 치밀한 계획 속에 진행했다.

그들은 단 몇 시간만 지나면 더 이상 벌금을 걱정하지 않아도 된다는 기쁨에 즐거워하고 있을 것이 뻔했다. 하지만 바로 그때 내가 들이닥쳐 그들의 형을 집행해 버린다면 어떨까. 나는 그들에게 알려주고 싶었다. 법의 무서움과 집요함을. 비양심적인 행위는 결코 성공할 수 없다는 진실. 생각만 해도 그간의 굴욕을 전부 씻어내 주는 것 같았다.

이미 파악해 둔 그들의 동선상에서 숨죽이고 잠복을 시작했다. 그들이 최대한 기쁨을 만끽하길 바랐다. 그래야 그들이 검거됐을 때 나락으로 떨어지는 절망감은 극대화될 것이고, 내가 느끼게 될 성취감이 더 커질 것이니까.

그런 생각을 하다보니 평소에는 길게만 느껴지던 잠복 시간이 너무 빠르게 흘렀다. 그렇게 시효 완성이 끝나기까지 30분이 남은 시점, 그들이 마침내 모습을 드러냈다. 이미 모두 계산이 된 시간이었다.

그간의 정보는 그들이 그 시간에 그 지점을 지날 수밖에 없다고 말해 주었다. 아니면 그 시간에는 반드시 그곳에서 잠을 잤다. 예상대로 그들은 거주지 안으로 잠을 자러 들어갔다. 위치 추적을 통해 파악한 거주지가 맞았다는 것 때문에도 기뻤지만, 단잠에 빠진 그들에게 깜짝 선물을 줄 생각에 더 기뻤다. 이제는 기다릴 필요가 없었다. 곧장 그들의 거주지로 쳐들어갔다. 온몸의 긴장을 풀고 달콤한 잠을 자려는 그들에게 다가가 형을 집행했다.

기뻤다. 예상했던 것보다 더 기쁘고 뿌듯했다. 갑자기 들이닥친 나를 바라보며 놀란 그들의 표정 덕분이었다. 30분이라는 약속한 시간을 남기고 끝내 형 집행을 마주하게 된 그들의 허망함 덕분이었다. 슬픔과 낭패감으로 잔뜩 구겨진 그들의 얼굴 덕분이었다. 너무 기뻤던 나머지 나는 수갑을 채우는 와중에도 그들의 얼굴에서 눈을 떼지 못했다. 곧바로 교도소 행이었다. 늦은 밤 시간에 천만 원을 구하는 것은 불가능한 일이다.

그날 이후로 내겐 한 가지 즐거움이 생겼다. 그 즐거움은 시효 완성일이 임박한 미집행자를 잡을 때마다 느낄 수 있었다. 물론 매번 그런 것은 아니었다. 하지만 나는 때때로 그들을 검거하기 위해 시효 완성일 가장 완벽한 날까지 기다렸다. 그리고 시효 완성 당일, 그 하루가 끝나기 직전에 그들을 검거했다. 법을 우습게 여기고 파렴치한 범죄를 과거에 묻을 수 있으리라는 알량한 확신이 무너지는 모습을 두 눈으로 똑똑히 지켜보았다.

언제나 비슷하게 반복되는 검거 과정에 하나의 즐거움이 생긴 것이다. 취미라고 한다면 누군가는 이상하게 볼 수도 있을 것이다. 그러나 이건 분명 나 스스로를 움직이게 하는 원동력을 제공해 준다. 고의성이 다분한 미집행자들에게 선사하는 나만의 작은 보복이 그들을 잡는 업무에 조금이라도 도움을 준다면, 나는 그것을 좋게 바라볼 수밖에 없다.

만약 누군가 내 입장이 되어본다면, 이 마음을 충분히 공감할 것이다. 어쩌면 이 글만 읽고도 내게 공감하는 사람이 생길지도 모르겠다. 이해가 어려운 이들에겐 굳이 이해를 바라지 않겠다. 다만 한 가지 알아주길 바란다. 죄를 인정하지 않는 비겁한 자들에게 자비를 베푸는 건 필요 이상의 호의다. 그들에게 상기시켜야 할 것은 오직 법의 엄중함과 수사기관의 단호한 응징뿐이다. 그리고 나는 그것을 일깨워 주는 일을, 아슬아슬한 그 일을 매우 즐긴다.

내 일 네 일 따질 것 없다

오후 4시경 민원 담당자로부터 메시지가 날아왔다. 급한 사정이 생겨 다음날 연가를 냈는데 상황실 근무를 대신 바꿔줄 수 있겠냐는 것이다. 스케줄을 살펴보니 마땅히 약속 잡힌 것이 없어서 선뜻 해주겠다고 말했다. 그렇게 퇴근 무렵이 되어 상황실로 향했다.

6시 10분이 지나자 상황실 근무자가 나라는 걸 어떻게 알았는지 약속이라도 한 듯 경찰관들은 구속영장, 압수영장, 부검영장, 통신영장, 체포영장 등 기록들을 가지고 왔다. 이럴 때면 난 참 일복이 많은 사람이라는 생각이 든다. 아니 일이 나를 따라다닌다고 하는 게 맞을 것이다.

상황실 근무를 설 때면 언제나 일복이 넘쳐난다. 대직은 함부로 서는 것이 아니라는 검찰청의 징크스가 사실로 판명이 되는 것이다. 다른 수사관들도 대직을 서다가 일 폭탄이 터졌다는 말을 많이 한다.

폭풍같이 몰려든 일을 가까스로 처리하고는 저녁을 시켜서 한술 뜨려는데 기다렸다는 듯이 밥 먹을 틈도 안 주고 다시 전화벨이 울렸다. 사건 처리 과정을 알고 싶다는 민원인의 전화였다.

몇 년 동안 민원실 업무를 하다 보니 민원인이란 화풀이하고 싸울 곳을 찾는 사람을 일컫는 것이라고 생각하게 되었다. 내 나름으로는 아는 선에서 최대한 친절하고 자세하게 대답했는데, 민원인 쪽에서는 만족스럽지 않았던 모양인지 몇 번이나 반복해 전화를 걸어왔고 연신 화풀이를 해댔다.

그것도 성에 안 찼는지 급기야 "당신 이름 뭐야?" 하며 내 이름을 알아내서 진정을 내겠다고 협박하며 전화를 끊었다. 틀림없이 진정을 낼 인물 같아 마음이 씁쓸해졌다. 진정을 낸들 최선을 다해 응대한 나는 아무 문책도 받지 않을 것이다. 수사관 일을 했던 지난 20년 동안 나를 고소하거나 진정을 낸 사람이 없는 것으로 보아 당시 전화했던 사람도 내 응대가 진정을 낼 만큼 불친절하다고 여기지는 않았던 것 같다.

자정이 막 되었을 때 잠시 고요해진 틈을 타 검찰청을 한번 돌아보았다. 집행계 신임 이민호(가명) 수사관이 아직 퇴근하지 못하고 일하고 있었다. 초임자라 집행업무가 손에 익지 않은 상태였다. 보아하니 지난 며칠간 계속 야근을 한 듯했다.

"퇴근 안 하니?"

슬며시 다가가 물었다. 그러자 수사관은 한숨을 쉬며 답했다.

"일이 생각보다 많네요. 자유형 미집행자 두 명이 있는데 미치겠습니다."

"내가 잡아줄게. 기록 좀 줘볼래?"

선뜻 그렇게 말해버리고 곧장 상황실로 돌아왔다. 헛웃음이 나왔다. 방금 전까지 남의 일을 대신하다가 씁쓸한 맛을 봤는데, 금방 까맣게 잊고 대신 미집행자를 잡아주겠다고 하다니. 일 많은 후배에게 도움을 주기 위해 내가 이 시간, 이 자리에 있는 거라고 애써 좋은 쪽으로 생각했다. 그렇게 피곤한 상황실 근무가 끝났다.

다음날, 이민호 수사관으로부터 기록을 인계받았다. 두 건 모두 징역 4월의 미집행자였다. 우태성(가명)은 교통사고 처리 특례법 위반이었고, 노성식(가명)은 무면허 운전이었다.

먼저 우태성의 주민등록지로 향했다. 그곳에 가니 미집행자는 없고 현 거주자만 있었다. 그녀는 우태성의 보험 설계사로 우태성이 보험을 계약할 때 주소지로 해놓을 곳이 없다고 해서 임시로 자신의 집을 주소지로 하라고 했다고 대답했다.

'그럼 그렇지. 첫 번째 탐문에서 검거할 수 있다면 미집행자

가 아니지.'

미집행자가 당연히 자기 주소를 감추었으리라는 나의 이론이 더 확실해진 순간이었다.

그런데 보험 설계사의 말하는 태도가 어딘가 수상쩍고, 단지 주소만을 빌려준 관계로만은 보이지 않았다. 남편이 옆에 서 있었는데 우태성 이야기를 꺼내자 무언가 숨기는 게 있는 것처럼 허둥댔다. 말로는 우태성과 허물없이 지내는 사이라서 주소지로 쓰라고 했다는데 나의 느낌은 우태성과 그녀가 내연 관계라고 말하고 있었다. 하지만 성급하게 잘못 짚으면 혼자 소설을 쓰다가 일을 망친다는 것을 알기에 더 이상 집요하게 캐묻지는 못했다. 일단 아무런 수확 없이 검찰청으로 돌아왔다.

관공서, 이동통신사, 인터넷 포털 사이트에 노성식과 우태성에 관한 정보를 요청하고 최신 업데이트된 사실관계를 확인하는 공문을 뿌리고 회신을 기다렸다. 하나 둘 도착하는 회신 공문에서 어렵지 않게 노성식의 전화번호를 발견했다. 그 번호의 통화 내역을 요청하고 위치 추적을 걸어 놓으니 노성식의 움직임이 빠르게 파악되었다. 노성식은 다음날 순조롭게 검거해서 교도소 형을 집행했다.

그러나 우태성에 대한 단서는 어디서도 찾을 수가 없었다. 시간도 많이 걸리고 골치 아파질 것 같았다. 그렇다면 이제 소설을 써야 하는 타이밍이다. 수사관 개인의 수사 기법이라 자세한 설명은 생략하기로 한다. 다른 수사관은 다른 방법으로 검거했을 수도 있다.

내가 만나고 온 현 거주자를 우태성과 내연관계라고 추정하고 그녀의 가족들에게까지 수사의 폭을 더 넓혔다. 우태성이 내연녀가 만들어 준 핸드폰을 가지고 다닐 수도 있기 때문이다. 다양한 방법으로 내연녀의 호적등본을 찾아내어 이를 토대로 가족들의 사실조회를 의뢰한 뒤 주민등록번호 조회도 실시했다. 그런 단계를 거치고 거쳐 마침내 우태성이 사용할 것으로 추정되는 핸드폰 번호를 알아냈다.

우태성이 인터넷 사이트와 유선 방송에 가입할 때 적은 번호와 내연녀의 번호를 비교했다. 또 우태성이 무면허 운전 적발 당시 적었던 차주 핸드폰 번호 중간 네 자리는 내연녀의 핸드폰 중간 네 자리와 일치했다.

나는 다시 공문을 작성하여 내연녀 핸드폰과 우태성 딸 명의의 핸드폰, 무면허 운전 적발시 적은 차주 핸드폰 번호 등에 지난 석 달간 통화 내역을 요청하고 동시에 실시간 위치 추적도 걸었다.

통화내역을 살펴보니 지난번 내연녀를 방문했던 시간에 내연녀 명의의 다른 핸드폰은 소백산 언저리에 있었다. 그 말은 우태성이 무면허 운전으로 적발이 된 후 사용하던 핸드폰을 해지하고 내연녀 명의의 핸드폰을 가지고 다니는 것으로 해석이 되었다. 시간이 조금 지나자 또 다른 팩스가 도착했다. 우태성이 소백

산 인근에 있는 호텔의 건물 관리직으로 있다는 사실이 담긴 자료였다. 바로 그 호텔 관리 사무실로 전화를 걸었다.

"안녕하세요. 관리소장님 좀 부탁합니다."

"어디세요?"

전화를 받은 상대는 내 신분을 밝히기 전까지는 바꿔 줄 수 없다는 태도로 꼬치꼬치 따져 물었다. 하는 수 없이 검찰 수사관이라고 밝히니 전화 상대는 사무실이 떠나갈 듯이 소리치며 관리소장을 불렀다.

"소장님~~~ 검찰청이라는데요? 바꿔드려요~~~~"

악을 쓰며 소장을 불러대는 소리에 나는 난감했다. 행여 옆자리에 우태성이 있을지도 모르는 상황에서 저렇게 큰소리로 불러대다니. 우태성에게 도망가라고 말하는 것과 마찬가지였다.

시간이 없었다. 전화를 끊고 급하게 호텔 관내 경찰서 상황실로 전화를 걸어 상황을 설명했다. 부리나케 배차 신청을 해서 그곳으로 향했고, 거기서 아직 상황을 파악하지 못하고 머물러 있던 우태성을 검거했다.

마음 고생 몸 고생을 전부 다 하고 나니, 남의 일이라고 생각했던 것을 내 일처럼 성심성의껏 처리했다는 사실을 깨달았다. 그리고 동시에 뿌듯함이 밀려왔다.

"내 일 네 일 따질 것 없다."

그런 문장이 머릿속을 스쳐 지났다.

뜨거운 감정과 냉정한 법

마흔 살이 넘어 신앙생활을 시작했다. 처음에는 작은딸아이가 혀가 채 돌아가지 않는 소리로 "우리 아바 고회 가게 해주사요"라고 기도하는 말을 듣고 교회에 가봐야겠다고 생각했다. 그다음에는 교회에 나가면 내가 좋아하는 스키장에 마음껏 가게 해준다는 아내의 말에 솔깃해 나가기 시작한 것이 지금까지 계속되고 있다. 물론 신앙심도 함께 깊어졌음은 물론이다. 아내와 아이들은 모태신앙이다. 처가는 우리나라에 기독교가 들어오던 때부터 신앙생활을 했다.

이럼에도 불구하고 나는 교회에 다니는 사람들이 자신의 신앙심에 대하여 혹은 성경에 대하여 이야기하는 것을 좋아하지 않는다. 아마도 내 업무와 연관된 사람들 때문이기도 하다.

종교와 신앙에 관한 이야기가 불편하면 이 에피소드는 건너뛰기를 권한다. 성경에 나오는 사람 이야기가 있기 때문이다. 하지만 조금 참을성을 가지고 이 글에서 내가 말하고자 하는 바를 이해한다면 이와 비슷하거나 조금 난처한 상황에 처할 때 적절하게 대처할 수 있으리라고 생각한다.

'무슨 사람 잡는 이야기를 하다가 성경 이야기야'라고 할 수도 있지만 사과의 힘이 얼마나 큰지를 설명하기 위해서다. 수사관은 사건 기록을 통하여 다른 사람의 삶을 들여다보게 되는데, 사건 당시에 곧바로 사과를 했더라면 이렇게 검찰청에 오르내리는 큰 사건으로까지 번지지는 않았을 기록들을 볼 때마다 드는 느낌이다.

성경 <사사기>에 '기드온'이라는 사람이 나온다. 그의 아들 아비멜렉은 왕좌에 오르기 위해 자신의 형제 일흔 명을 죽였다. 역사에서 보듯이 이렇게 패륜을 저지르고 왕이 된 사람은 왕관을 그리 오래 쓰지 못한다.

아비멜렉은 자신의 땅에서 반란이 일어나자 이를 진압하러 반란군이 있는 성으로 돌격을 하다가 적의 성벽에서 한 여자가 던진 맷돌에 맞아 치명상을 입었다. 아비멜렉은 여자에게 죽임을 당했다는 치욕적인 사실이 알려지지 않도록 부관에게 자신을 찔러 죽이도록 명령을 하고 스스로 죽음을 선택했다.

이 세상을 떠나는 순간 마지막 숨을 쉬며 남긴 말이 자신을 죽이라는 명령이라니 안타까운 일이다.

문득 내 마지막 말은 무엇이 될까 생각을 해봤다.

"너희들이 내 아이들로 태어나 줘서 너무 감사했어."

"너희들은 지난 몇십 년간 나의 가장 큰 행복이었어."

나는 자식들에게 이렇게 이야기하고 싶다. 한데 인생의 마지막 순간에 쪽팔림을 생각했다니. 자신의 체면만을 생각하다니……. 아비멜렉은 왜 숨이 넘어가기 직전까지 자신의 명예만을 생각했을까? 아주 짧은 시간이나마 왕좌에 오르려고 자신이 죽인 이복형제들에게 저지른 패륜을 사과할 수는 없었을까? 그의 아버지 기드온은 성경에 기록될 만큼 신앙이 두터웠던 사람이었으므로 아비멜렉이 어렸을 때부터 신앙을 가르쳤을 것이다. 한데 왜 자신의 숨이 남아 있는 마지막 순간, 무엇인가 할 수 있는 마지막 순간에 왜 이복형제들에게 사과하거나 하나님께 회개하지 않았을까. 죄송하다, 잘못했다, 내 잘못이 크다,라는 사과의 말에는 세상을 뒤엎을 큰 힘이 있다.

지금 이야기는 논란의 여지가 있기에 가명으로라도 특정인을 지정하지 않으려 한다. 이 글은 단지 소설로만 읽어주길 바란다. 당신이 수사기관의 착오로 수배자가 되어버린 상황에 처했다고 가정해 보자. 어떻게 할 것인가.

일반적인 경우 그런 일이 일어날 확률은 거의 없을 것이다. 하지만 세상은 다양하고 복잡하게 얽혀 있어서 거의 일어나지 않을 것 같은 일이 가끔 생기기도 한다. 누군가 일부러 조작을 해서라도 일어날 수가 있다. 때론 현실이 영화보다 더 처참한 경우가 있다.

집행유예를 선고받은 뒤 집행유예 기간에 다른 범죄행위로 금고(자유형의 하나로 교도소에 가두어 두기만 하고 노역은 시키지 않는다) 이상의 형을 선고받으면 집행유예의 선고가 효력을 잃는다. 그러면 이전에 집행유예를 선고받은 범죄에 대해서도 복역을 해야 한다. 교도소에 가서 형을 살아야 한다는 말이다.

집행유예를 받았다고 좋아할 것이 아니라 집행유예 기간이 끝날 때까지 자숙하며 쥐 죽은 듯 조용히 살아야 하는 이유가 여기에 있다. 법은 범죄자를 처벌하는 것보다는 교화시켜 재범을 저지르지 않게 하고 온전한 삶으로 돌려보내는 데 의미가 있기 때문이다. 까딱 잘못하면 기쁨 두 배뿐 아니라 슬픔 두 배가 된다. 범죄인의 입장에서는 고통스럽고 난감한 상황이 되는 것이다.

운이 좋은 경우 다행히도 솟아날 구멍은 있다. 나중에 저지른 범죄에 대한 판결이 늦어져 먼저 선고한 형의 집행유예 기간이 끝나고 나서 확정이 되면 요행히도 이전 범죄에 대한 집행유예 선고는 효력을 잃지 않아 다음 판결에 영향을 받지 않고 그 자체로 완성된다. 이전 범죄에 대한 대가는 집행유예로 끝나는 것이다.

정리를 하면 나중에 선고받은 죄가 먼저 저지른 죄의 집행유예 기간을 넘어서 확정이 되면 먼저 저지른 죄의 집행유예가 실효되지 않아 나중에 저지른 죄만 형을 살면 된다. 어렵다 어려워. 이래서 때때로 아주 쉬운 것을 어렵게 만들어 놓은 것이 법이라는 말을 하기도 한다.

행정상의 오류와 허술함 때문이었을까. 아니면 지금 소개하는 사례를 통하여 더 많은 사람들이 불필요하게 도망다니지 않도록 교훈을 주려는 누군가의 안배일까.

내게 검거된 사람은 먼저 저지른 범죄에 대한 집행유예가 완성되었지만 비슷한 시기에 다른 사건으로 수배 등록이 되었다. 재범으로 인하여 앞서 저지른 범죄의 집행유예가 실효되어 그것까지 교도소에서 살아야 하는 줄 알고 무작정 도망을 다녔다. 마찬가지로 집행유예가 실효된 것으로 오인한 수사관들도 피고인을 잡으러 다니는 형국이었다.

하지만 먼저 저지른 죄에 대한 집행유예 기간을 지나서 나중 저지른 범죄가 확정되었기 때문에 집행유예가 실효되지 않아 형을 살지 않아도 되는 상황이었는데 잘못 수배 등록이 되어 나의 추적을 받은 것이다. 그를 잡고 나서야 수배되지 말았어야 할 사람임을 알게 되었다. 나는 사실을 인지한 즉시 사과를 했다.

언제, 누가, 왜 수배를 했는지 따질 시간이 없고 따질 필요도 없었다. 그에게는 내가 바로 검찰을 대표하는 사람이다. 검찰 수사관 누군가 수배하지 말아야 할 사람을 수배해서 책임을 져야 한다면 그것은 차후의 문제다. 지금 당장 그에게는 내가 검찰의 대표이고 공무원의 대표가 된다. 내가 할 수 있는 최선의 선택은 진정성 있는 신속한 사과였다. 그는 나의 사과를 받아 주었고 자유의 몸이 되었다.

그가 그렇게 쉽게 나의 사과를 받아 준 것은 자신이 조사를 받을 때 커피를 한잔 타주며 큰일 아니라는 말로나마 달래준 수사관이 있었기 때문이고, 자신의 잘못을 정확하게 지적하며 구속이 불가피하다는 검사의 설명이 있었기 때문일 것이다. 작게는 검찰에 대한 좋은 감정, 크게는 대한민국이라는 나라에 대한 좋은 감정은 이렇게 만들어지는 것이라고 믿는다.

도망 다니지 않아도 되는데, 잘못 수배 등록이 되어 도망을 다닌 피고인은 왜 가만있었을까. 대부분의 사람들이 자세한 사실 관계를 따질 생각조차 못하고 수배되었다는 사실만으로도 공포에 사로잡혔음은 당연한 일이다. 한데 내가 실수를 인정하지 않고 사과도 하지 않고 모른 척 넘어갔다면 상황은 달라졌을 것이다.

다시 한번 첫 번째 질문으로 돌아가보자. 만약 당신이 수배당

할 적합한 이유 없이 수배 등록이 되어 있다면 어떤 행동을 할 수 있을까. 가장 이상적인 방법은 경찰이나 검찰을 찾아가 부당한 수배 등록에 관해 문의하는 것이다. 하지만 일반 사람이라면, 그것도 바로 얼마 전까지 집행 유예 선고를 받고 나중 범죄로 실형을 살고 나와 심리적인 압박에 시달린 상황이라면 경찰이나 검찰을 찾아가는 것이 쉽지 않을 것이다.

혹시 자신이 모르는 무언가가 잘못되어서 수배자가 된 건 아닐까 하는 생각을 할 수도 있다. 법에 관한 지식이 실무자들에 비해서 턱없이 부족한 일반인들은 결국 이성적인 선택보다는 먼저 도망이나 은둔 등을 본능적으로 택할 것이다. 주변에 알려 조언을 구하는 방법도 먼저 본인이 수배자가 되었다는 걸 타인에게 말해야 해서 결코 쉬운 일이 아니다. 쫓는 자 없는 비극적인 도망이 시작되고 마는 것이다.

내 사과로 그의 억울함이 조금이나마 풀리길 바라는 마음으로 고개를 숙였다. 내가 사과하자 그는 분노하기보다 드디어 억울함을 풀었다는 안도감에 크게 숨을 내쉬었다. 그 숨 안에는 그간의 고통과 불안, 이유 모를 도망자의 삶을 살면서 생긴 울화, 드디어 모든 것이 끝났다는 안도가 함께 담겨 있었다. 도대체 그런 감정을 어떻게 품고 살았는지. 속이 깊게 썩어 문드러진 사람의 얼굴을 나는 차마 똑바로 바라보지 못했다.

내가 하는 일은 법을 집행하고 수호하는 것이다. 법은 차갑고 냉정하다. 하지만 사람의 일은 차갑게 집행하고 냉철하게 판단하기 어려운 부분이 많다. 사람의 감정은 뜨겁기 때문이다. 미집행자, 수배자를 수없이 많이 만나며 사람의 뜨거운 감정과 법의 차가움 사이에서 많은 고민을 했다.

미집행자나 수배자로 지칭하지 않고 사람이라고 부른 이유는 간단하다. 나는 법의 결정을 통해 움직이지만, 그 과정에서 내가 만난 미집행자들은 모두 살아 움직이는 몸과 마음을 가진, 뜨거운 감정을 지니고 나와 교류한 사람이었기 때문이다.

물론 사람이라고 부르기조차 아까울 정도로 파렴치하고 극악무도한 자들도 많았다. 그들은 꼬박꼬박 미집행자 혹은 수배자라고 부르고 싶다. 하지만 그들의 인생도 존중하려고 노력한다. 그렇기 때문에 이번 이야기는 조금 주관적으로 되었다.

지금까지 이 글을 읽어준 독자라면 내 주관에 조금이나마 공감할 수 있을 거라고 생각한다. 공감하지 못하더라도 수사관이라는 직업에 임하는 나의 태도와 검거 과정에서 얼마나 치열하게 노력하는지 알고 있다면 나의 이야기를 편견 없이 있는 그대로 바라볼 수 있을 것이다.

기본에 충실하자

오랫동안 수사관 일을 해오면서, 어려운 상황에서 검거에 성공하여 멋진 세레머니를 한 사건도 있지만, 검거 직전 아주 어처구니없는 실수로 실패한 사례도 있다. 거의 잡았다는 조급함에 아주 사소한 실수로 상습적인 시효 완성 도망자에게 단죄를 하지 못했다. 아직껏 아쉬움이 남아 있다. 하지만 이를 반면교사 삼아 이후 비슷한 상황에서 똑같은 실수를 저지르지 않고 더 나은 성과를 낸 적도 있으니 비싼 값을 치르고 얻은 교훈이라고 생각한다.

강준석은(가명)은 벌금 3백만 원을 내지 않고 도망 다니는 시효 임박 벌과금 미납자다. 상습적인 무전취식이 주특기다. 호화로운 단란주점에서 실컷 먹고 마시고 나서 돈이 없으니 잡아가든지 말든지 맘대로 하라는 식으로, 속칭 배째라로 버틴다. 잡혀서 매번 벌금형을 받았지만 한 번도 낸 적이 없다. 그가 흥청거리고 마신 것들은 고스란히 열심히 사는 자영업자들의 손해로 돌아갔다. 일부러 영업장에 피해를 입힐 작정을 하고 상습적으로 무전취식을 하는 죄질이 나쁜 녀석이었다.

강준석의 시효는 며칠 남지 않았다. 이렇게 상습적이고 악의적인 녀석은 꼭 잡아서 법의 위엄을 보여주리라 생각하고 수사에 나섰다. 강준석이 최근에 핸드폰을 개통했다는 정보를 확인하고 통신사에서 가입자의 인적 사항을 전달받았다. 정보에 따르면 외진 시골에 있는 3층 건물 원룸 2층에 가입자 주소지를 설정해 두었다. 의심의 여지가 없어 기지국 위치 추적조차 신청하지 않고 곧장 잠복을 시작했다. 최근에 휴대폰을 개통하면서 기입한 주소지 정보가 그 사이 바뀌지 않았을 거라고 확신했다. 지금 생각하면 조급함만 앞선 너무나 무모한 결정이었다.

강준석은 쉽게 모습을 드러내지 않았다. 통신사에서 준 자료를 다시 한번 확인했다. 주소지는 정확했다. 잠복이 너무 길어지기도 했고, 검찰청으로 돌아가 처리해야 하는 업무도 있었기에 빨리 검거하고자 직접 방문해 탐문하기로 했다. 그때까지도 강준석이 건물 2층에 거주한다고 철석같이 믿고 있어서 주변 탐문부터 시작하려고 맨꼭대기 3층으로 올라갔다.

문을 두드리자 여자 한 명이 슬며시 문을 열고 나타났다. 그녀에게 아래층에 사는 사람에 관해 알고 있는 것이 있냐고 물어보았다. 마음이 급했던 나는 강준석의 사진까지 보여주었다. 그녀는 잘 모른다는 말만 되풀이했다. 그녀에게서 수상한 낌새를 눈치채지 못하고, 결국 아무런 소득 없이 검찰청으로 돌아왔다. 그리고 강준석을 그대로 놓쳐버리고 말았다.

확보한 주소지를 벗어난 녀석을 찾아낼 방도는 묘연했다. 더 철저하게 숨어버렸을 것이기 때문이다. 사실 강준석의 진짜 거주지는 2층이 아닌 3층, 그러니까 직접 방문해서 탐문을 했던 곳이었고, 문을 열고 나타났던 여자는 강준석의 내연녀였다.

강준석은 감쪽같이 사라졌다. 전부 내 실수였다. 녀석이 기입한 정보를 너무 신뢰한 것이다. 강준석은 사실은 3층에 거주하면서 자신을 찾으러 올지도 모를 수사관을 따돌리기 위해 일부러 2층을 자신의 주소지로 거짓으로 기입해 드나드는 수사관을 감시할 계획까지 세운 치밀한 자였다.

나는 그런 줄은 꿈에도 모른 채, 실제 거주하는 3층을 방문해 가장 가까운 내연녀에게 강준석의 얼굴까지 들이밀면서 그의 행방을 물었던 것이다. 강준석을 잡으러 왔으니 빨리 도망가라, 하고 녀석에게 친절하게 알려준 꼴이었다.

애초에 잠복을 시작할 때부터 내린 모든 결정이 잘못된 상태였다. 수사관이 자신을 쫓고 있다는 사실을 알 텐데, 자기 진짜 주소를 써넣을 만큼 허술한 녀석이 아니었을 텐데, 녀석을 너무 쉽게 생각한 것이었다.

이 사건을 기화로 다시 한번 기본에 충실하자는 마음을 다잡게 되었다. 또다시 같은 실수를 저지르는 우를 범해서도 안 되었다. 가장 먼저 통신사가 보내온 인적 사항을 신뢰할 수 있는지 검증해야 했다. 그걸 작성한 건 강준석 본인이기 때문에 그 정보를 철석같이 믿어서는 안 되었다. 오히려 나를 전혀 엉뚱한 곳으로 이끌지도 모르는 거짓정보일 수도 있다는 합리적 의심부터 먼저 해야 했다.

다음으로 참을성 없이 3층의 문을 두드리지 말았어야 했다. 거기서 뜬금없이 여자가 나타났을 때도 수상함을 눈치챘어야 했다. 이렇게 외진 시골에 젊은 여자가 홀로 살고 있는 경우는 드물었다. 게다가 강준석이 그녀의 아랫집에 사는 것이 맞다면 오며 가며 얼굴을 보았을 것이 분명한데 자꾸 모른다고 시치미 떼는 태도에서도 수상함을 느꼈어야 했다.

그러나 무엇보다 내가 저지른 가장 큰 실수는 강준석을 잡기 쉬운 상대로 생각한 것이었다. 수사를 진행하는 과정에서 휴대폰 가입시 기입한 정보를 손에 넣는 것부터 너무 쉽게 이루어졌다. 거기서부터 이미 나는 강준석을 치밀하지 않고 잡기 쉬운 어리숙한 상대일 거라고 오판한 것이었다. 매번 하던 위치추적도 신청하지 않고 잠복한 건 그야말로 오만한 일이었다.

처음부터 끝까지 모조리 내 실수로 인해서 강준석을 놓치고 말았다. 수사관을 마주친 내연녀는 강준석에게 이 모든 정황을 이야기했을 것이고, 강준석이 곧바로 자취를 감추었음은 너무나도 당연한 일이었다. 그렇게 시간이 흘러 결국에 강준석은 시효를 완성시키기에 이르렀다.

시효 완성이 되었다는 소식을 듣고 강준석의 범죄 관련 이력을 전국 범위로 조회해 보았다. 강준석은 이미 여러 번의 시효 완성으로 수천만 원의 벌금을 납부하지 않은 상습범이었다. 내 예상과는 전혀 다르게 호락호락하지 않은 자였던 것이다.

아직까지도 그때 강준석을 놓친 기억을 뼈저리게 마음에 품고 있다. 사실 그때 나는 최선을 다하지 않았던 것이다. 일을 빨리 끝내고 싶다는 안일한 마음, 생각보다 빠르게 강준석의 거주지를 알아내고 그가 상대하기 쉬운 자라고 오해해 버린 것, 거기에 더해서 신중하지 못했던 선택 하나하나 전부 다 한순간의 실수라고 치부하고 잊어버리지 않고 모두 교훈 삼아서 일을 해나가고 있다.

그래서 지금도 매번 검거를 나갈 때마다 기본부터 최선을 다하자는 다짐을 한다. 그렇지 않으면 일을 실패로 그르칠 수 있기 때문이다. 아무리 철저히 해도 실패하는 경우가 있겠지만, 만약 내 실수로 그렇게 된다면 나는 내 직업적 사명을 다하지 못한 사람이 되고 만다. 그것만큼은 절대로 원하지 않는다.

그러니 실패를 외면하지 않길 바란다. 아무리 고생스럽고 아무리 하잘것 없어 보여도 모든 일 하나하나에 최선을 다하는 것은 실패를 마주했기 때문이다. 나는 실패 속에서 그 사실을 뼈저리게 배웠다.

등산로 가로막

수사는 현장에서 수사관의 직관적인 판단과 능동적인 행동력 안에서 대부분 이루어진다. 그렇지 않고 복잡한 보고체계를 거친다면 눈앞의 미집행자를 허무하게 놓칠 수 있다. 이것은 수사관이라는 직업에만 한정되지 않을 것이다. 대부분 빠른 결단력과 실행력을 가진 실무자의 판단과 노하우를 믿고 움직이는 경우가 많다.

많은 미집행자를 검거하면서 이런 의문을 가지게 되었다. 수사관인 나의 판단과 행동이 다른 사람들에게는 어떤 영향을 끼칠까. 검거해야 하는 미집행자가 아닐지라도 수사 현장을 스쳐 지나간, 혹은 수사 과정에 아주 조금이라도 연관된 사람에게까지 영향을 미치지 않을까. 그게 부정적인 영향일 가능성도 있다. 신체적으로 다치거나 심적인 피해를 입을 위험도 농후하다.

미집행자를 검거하기 위해 산을 자주 오르던 때 이런 생각을 하게 되었다. 김연명(가명)은 여러 건의 사기 사건으로 재판정에 드나들던 중 형이 선고돼 구속될 것을 염려해서 재판정에 나타나지 않았다. 결국 사기 사건 여러 건이 병합되어 궐석재판으로 징역 1년 6월 형을 선고받았다.

자유형 미집행자는 작정하고 도망치는 터라 철저하게 흔적을 남기지 않아 검거가 쉽지 않다. 하지만 오랜 검거 경험으로 노하우가 쌓인 수사관들 역시 그들이 필사적으로 감추고 감춘 단서를 끈질기게 찾아 추적하여 잡을 만큼 노련하다.

김연명은 새벽 등산이 취미여서 도망중에도 새벽마다 산에 오른다는 정보를 입수하고 검거 계획을 세웠다. 새벽에 그가 다닌다는 산책로를 따라 오르면서 추적했다. 그 과정에서 새로운 사실 두 가지를 알게 되었다. 하나는 새벽에 산을 오르는 사람이 생각보다 많다는 것이고, 다른 하나는 등산을 하는 사람들에게 이상한 습관이 있다는 것이었다.

등산객 중에는 경사로를 편하게 오르라고 만들어 놓은 계단을 이용하는 걸 극도로 싫어하는 사람이 많았다. 등산은 좀 힘이 들어야 한다고 생각하는지, 자연 그대로의 등산로를 만끽하고 싶어서인지는 알 수 없지만, 그런 사람들은 계단이 설치된 등산로를 놔두고 계단 옆 흙길로 산을 올랐다. 한 사람이 흙길로 산을 오르면 그 뒤를 따르던 일행들도 무심코 따라서 흙길을 밟고 산을 오른다. 많은 사람들이 다니다보니 저절로 엉뚱한 길이 생긴다. 오히려 계단보다 그 흙길을 이용하는 사람이 많아지는 건 시간 문제였다.

이런 현상은 산 관리소 입장에서 볼 때 전혀 달가운 일이 아니다. 안전한 계단을 두고 흙길을 이용하다 미끄러져 행여 등산객이 부상이라도 입는다면 관리소의 관리 소홀 문제가 될 수도 있다. 관리자 입장에서는 아무 일이 일어나지 않도록 관리하는 것이 중요할 것이다.

그래서 관리소에서는 흙길로 올라가는 등산객을 통제하기 위해서 흙길로 들어서는 초입에 아예 기둥을 세워 가로막을 설치해 흙길을 막았다. 사방이 탁 트인 산중에 뜬금없이 서 있는 가로막은 전혀 어울리지 않는 황당한 풍경이었다.

문제는 거기서 끝나지 않았다. 가로막은 사방이 트인 곳에 있는 터라 가로막 옆으로 조금만 돌아도 새로운 길이 만들어져 계단을 통하지 않고 산을 오를 수 있었다. 계단으로부터 더 멀어지긴 했지만, 흙길을 좋아하는 사람들은 기둥을 돌아서 또다시 계단이 없는 흙길로 언덕을 오르기 시작했다.

그때부터 관리소에서는 막고 등산객들은 돌아가고, 막으면 또 돌아가는 피할 수 없는 신경전이 시작됐다. 관리소에서는 가로막의 길이를 옆으로 옆으로 늘려갔다. 흙길을 좋아하는 사람들은 계속해서 길어지는 가로막을 꿋꿋이 돌아서 기어코 흙길을 밟고 산을 올랐다.

처음에 임시로 설치한 가로막 옆으로 계속해서 새로운 가로막을 놓다보니 고즈넉하고 탁 트인 풍경이 인상적이던 등산로는 난개발로 엉망이 되어버린 달동네처럼 변해 갔다.

등산로 위에서 펼쳐지는 묘한 신경전을 보면서 미집행자 추적을 계속하다 보니 어느새 여러 달이 훌쩍 지나 있었다. 그날도 어김없이 등산로를 따라 추적을 하던 중이었다. 그런데 한 가지 의아한 광경을 보았다. 바로 전에 왔을 때까지만 해도 멀쩡하게 서 있던 가로막이 뜯겨 나가 있었다. 전부 뜯겨 나간 것은 아니고 이빨이 빠진 것처럼 몇 군데만 들쑤셔져 있었다. 돌아가기도 귀찮은지 아예 가로막이 뜯겨 나간 자리 뒤로 벌써 등산객들의 발자국이 만들어 낸 흙길이 나 있었다.

뜯겨 나간 가로막은 등산로 옆 벼랑 아래에 처량하게 버려져 있었다. 도대체 몇 사람이 들러붙어서 해낸 일인지 가늠할 수 없었지만 더 놀라운 일이 바로 다음날 벌어졌다. 가로막이 뜯겨 나간 지 채 하루도 지나지 않아 관리소에서 뜯겨나간 가로막을 주워 다시 설치한 것이었다. 또 한 번 신경전이 벌어지겠구나라고 생각했는데 그 예상은 적중했다. 누군가 가로막을 뜯으면, 바로 다음날 관리소에서 가로막을 세웠다. 그것을 몇 번이고 반복하다 보니 가로막은 누더기처럼 흉물스럽게 변해버렸다.

가로막은 어떤 때는 벼랑 아래에 떨어져 있었고, 어떤 때는 계단 바로 옆에 비스듬히 놓여 있었다. 벼랑 아래로 버리기조차 귀찮은 듯, 오직 흙길을 즐기고 싶은 의지만을 거침없이 드러내는 모양새였다. 가로막은 이제 막 치우거나 아무렇게나 해도 되는 듯 방치돼 버렸고, 그로 인해 뭔가 위험한 사태가 벌어질 거 같은 불안감이 들었다.

아니나 다를까 그 예상은 적중했다. 다른 미집행자를 추적하느라 한동안 김연명을 찾아 등산로를 오르지 못했었는데 다시 등산로를 추적하는 날에 지나가던 등산객으로부터 충격적인 소식을 들었다.

바람이 거세게 불던 날, 한 등산객이 평소처럼 산을 오르다가 누더기처럼 때우고 누군가 뽑아내기를 반복한 탓에, 문제의 뽑힌 가로막이 다른 기둥에 간당간당 달려 있다가 거센 바람을 견디지 못하고 그대로 넘어지면서 무고한 등산객을 덮쳐 부상을 입혔다는 것이다. 기둥의 무게와 크기가 어느 정도인지 알기 때문에, 무방비 상태의 사람을 덮쳤을 때 얼마만큼 위험한 충격을 줄 수 있는지 짐작하기 어렵지 않았다.

기둥을 치우던 등산객과 기둥을 다시 가져다 놓는 관리소 직원 사이의 신경전이 어처구니 없는 결과로 이어진 것이었다. 흙길을 즐기고 싶다는 의지, 이미 정해진 산책로를 유지하려는 의지, 이 두 의지와는 전혀 관계 없는 애먼 사람이 피해자가 된 사건 소식 앞에서 나는 생각에 잠겼다.

오로지 미집행자를 잡겠다는 의지로 하는 내 과도한 행동이 혹시 다른 사람에게는 나쁜 영향을 주는 결과를 내놓는 것은 아닌지. 내가 미집행자를 검거하는 과정에서 하는 행동은 오직 그곳에만 영향력을 미쳐야 하는데, 나도 모르는 사이에 누군가를 곤란하게 만들거나 상처 입히거나 슬픔을 가져다 주지는 않았는지. 그것을 알고도 모른 척한 적이 있는지. 누더기가 된 가로막을 보고도 서로의 의지만 내세우며 외면하던 등산객들과 관리소처럼 말이다.

우리는 매순간 무언가를 선택한다. 그 선택은 누군가의 허락을 받아야 가능할 때도 있지만, 많은 경우 홀로 독단적으로 판단하고 결정을 내린다. 수사관의 일은 그런 독단적 판단을 무엇보다 중시하는 업무 환경에 있다. 그렇기 때문에 나는 등산로 가로막 사태를 통해 깨달은 것을 마음 깊숙이 새겼다.

미집행자라는 사회적 낙인을 찍기 이전에 내가 검거하는 이들은 모두 사람이다. 사람을 검거하는 일에 사사로운 감정이 개입하게 된다면, 그것이 업무를 위한 결단이라고 포장하게 된다면, 그 주변에 부정적인 파장이 일어날 것이고, 전혀 원하지 않던 결과를 가져올 수 있다는 것을 깨달았다.

수사 과정에서 개인적인 감정을 최대한 빼기 위해 오늘도 노력중이다. 나를 포함한 많은 수사관이 그럴 것이다. 최선을 다해 공정하게 일하는 것을 최우선 임무로 여기며 오늘도 수사에 나서려 한다.

그런 사건을 접하고 며칠이 지났다. 김연명을 반드시 잡아야 한다는 의지를 조금 내려놓았다. 대신 새벽에 등산을 즐기는 사람이 되어 등산로 하나를 정해 벤치에 가만히 앉아 있었다. 도망자를 쫓아갈 때와 도망자가 내게 오기를 기다릴 때가 있다.

벤치에 앉아 있던 나는 아래쪽에서 올라오는 김연명을 발견하고 곧바로 검거했다.

짜장면에서 배운다

어른이 되고 나서도 여전히 나를 괴롭히는 선택 가운데 하나는 짜장면을 먹을까 짬뽕을 먹을까이다. 반으로 나뉜 짬짜면 그릇이 만들어진 뒤에 짬짜면을 시켰을 때의 뿌듯함이라니. 한데 그런 그릇에 함께 담겨 나오는 짜장면과 짬뽕을 서너 번 정도 먹었을 때 그 맛이 온전한 그릇에 담겨 나오는 짜장면과 짬뽕만 못하다는 생각을 했다. 짜장면이 맛이 없어지면 어른이 된 거라고 하더니 드디어 어른이 되어서 맛이 없어진 건가 싶기도 했다. 지금도 여전히 짜장면과 짬뽕 중 하나를 선택하는 것은 어렵다.

전국을 누비며 출장 다니고 잠복을 할 때 짜장면을 참 많이 먹었다. 짜장면은 전국 어디를 가나 맛이 비슷해서 메뉴 선택에 실패하지 않기 때문이다. 그렇게 출장을 다니며 짜장면을 많이 먹어서인지 아니면 짜장면과 관련된 아주 오래된 기억 때문인지 가족과 외식을 할 때 중국집은 잘 가게 되지 않는다.

짜장면과 관련된 오래 된 기억 혹은 교훈을 준 중국집 배달원 두 명에 대해 이야기하려 한다. 한 명은 미집행자 김대치(가명)다. 중국집에서 일하며 가끔 배달일도 했다. 그는 손님이 화장실 간 사이 지갑에서 몰래 돈을 훔쳤다. 과거에 시효를 완성한 적이 여러 번 있고, 벌금 50만 원을 내지 않고 3년을 버텨오던 중 나의 추적을 받았다.

시효가 완성되는 당일, 나는 김대치의 거주지 근처에서 잠복을 하다가 실시간 위치 추적 문자가 오자마자 급습했다. 그때 그는 집 앞에서 오토바이에서 내려 담배를 피우며 전화를 하고 있었다. 내가 너무 서둘렀던 것이다. 같은 기지국을 연속해서 두 번 사용할 때를 기다렸어야 했다. 십 분 간격으로 실시간 위치 추적을 알리는 문자가 오기 직전 그가 어딘가로 전화를 했는데 그것을 감지하고 온 문자를 거주지에 들어가서 한 전화로 생각하고 잡으러 간 것이다. 그는 오토바이 옆에서 내가 자신을 잡으러 들어가는 것을 보고 도망을 갔다.

다 잡았다고 생각하고 성급하게 서두른 것이다. 지금도 그때를 생각하면 아깝다. 그러는 사이 12시가 넘어버렸다. 녀석은 아쉽게도 시효가 완성되어버렸다. 나는 그후로 삶에 있어서 가장 최악의 상황에서는 어떤 선택도 하지 말고 차분히 기다리는 것이 좋다는 것을 알게 되었다.

다른 한 명은 이름을 알 수 없는 짜장면 배달원이다. 나는 그 배달원과 벌건 대낮에 대로 한복판에서 다퉜다. 당시 나는 차를 이용해서 마트로 가는 중이었다. 지금 생각하면 단순하게 마트만 가려고 나선 것은 아니었던 것 같다. 신경이 곤두서 있었던 것으로 보아 마트 옆에 사는 미집행자를 탐문하고 집사람 심부름도 할겸 겸사겸사 나가는 길이었던 것 같다.

지금까지 내가 통신영장을 청구해서 잡지 못한 사람은 김대치(가명)와 강준석(가명) 두 명뿐이다. 강준석은 시골 원룸에 살면서 수사관의 추적을 따돌리느라 핸드폰 요금 청구지 주소지를 실거주지와 한 층 다르게 기재할 정도로 용의주도한 인물이었다. 내가 검거하지 못한 사람은 두 명밖에 없으니 당시 마트 옆에 사는 미집행자는 검거했을 것으로 추정된다.

아파트 단지를 막 빠져나와 도로에 접어들기 위해 우회전을 하는 중에 저 멀리서 머리를 노랗게 탈색한 누군가가 오토바이를 타고 오는 것이 보였다. 안장을 여러 겹 쌓아 올려 거의 엎드린 자세로 오토바이에 앉아 있었다.

오토바이가 내 쪽으로 가까워지기 시작했다. 오토바이를 탄 사내는 자신의 길을 막고 서 있는 나를 발견하고는 엄청나게 큰 소리로 경적을 울려대기 시작했다. 자신이 먼저 지나갈 테니 끼어들지 말라고 직접 내 귀에 대고 소리치는 것처럼 느껴지는 경적소리였다.

지금이라면 조금 기다리면서 오토바이를 먼저 보냈겠지만, 그 당시 나는 매우 혈기왕성한 수사관이었다. 그래서 그를 먼저 가게 두지 않았다. 대신 경적을 못 들은 척하고 곧바로 우회전을 해버렸다.

그 탓에 노랑머리는 브레이크를 잡아 속도를 늦출 수밖에 없었다. 그런데 속도를 줄인 게 분했는지 곧장 반대쪽 차선으로 넘어가서 나를 추월해 버렸다. 그러고는 방금 속도를 줄인 일이 없었던 것처럼 내 앞에서 유유히 달리고 있었다.

졌다는 생각은 들지 않았다. 어쨌든 속도를 먼저 줄인 건 오토바이를 탄 사내였으니까. 그래서 나는 속도를 높이기 시작했다. 그런데 노랑머리는 내 앞에서 급작스럽게 브레이크를 잡아버렸다. 나 역시 급브레이크를 잡아야 했다. 갑작스러운 사태에 내 차와 오토바이는 거의 충돌 직전까지 갈 뻔 했다. 다행히 충돌하지는 않았지만 지금 생각해도 정말 아찔한 상황이었다.

나는 얼른 차에서 내리면서 노랑머리에게 소리쳤다. 오토바이를 조심해서 타야지 이렇게 갑자기 서면 어떻게 해요, 이런 식의 물렁한 말은 아니었다.

"야, 이 개××야!"

내 입에서 거친 말이 튀어나왔다.

차에서 내려 노랑머리와 본격적으로 말다툼을 시작했다. 나는 노랑머리를 약 올렸다. 헬멧을 안 썼으니 과태료를 내야 하고, 면허도 없는 것 같으니 그것 역시 과태료 대상이고, 중앙선 추월도 했으니 내 차 블랙박스에 찍힌 걸 제보하겠다고. 거기서 끝내지 않고 다시는 배달 일을 못하게 될 거라고 말했다. 다른 일자리를 알아봐야 할 거라며 계속 쏘아붙였다.

그렇게 30분 정도 실랑이를 하고 있자 어디선가 경찰차가 나타났다. 길이 막혀 있는 것을 본 누군가 신고한 모양이었다. 경찰관 두 명이 경찰차에서 내려 다가왔다. 그런데 그중 한 사람은 아는 사람이었다. 내가 상황실 근무를 할 때 수배자를 검거해서 상황실로 데리고 왔던 경찰관이었다.

경찰관도 나를 알아보았다. 아는 경찰관도 왔겠다, 신이 나서 노랑머리를 더 약 올리기 시작했다. 그렇게 10분 정도 실랑이가 계속 되니 경찰관이 먼저 나를 제지했다. 그만두지 않으면 두 명 모두에게 경범죄 스티커를 발부하겠다고 선언했다.

그 통에 차들이 뒤쪽까지 한참 밀린 상태가 되었다. 이런 사안에 경범죄 스티커를 발부받아 돈을 내는 건 아깝다고 생각했는지 노랑머리가 먼저 싸움을 그만두고 갈 길을 가려고 움직였다. 오토바이에 시동을 건 노랑머리는 자리를 떠나기 전 이런 말을 남겼다.

“소나타까지 타는 사람이…….”

경찰관에게 인사를 하고 자리를 떠나 마트로 향했다. 그리고 노랑머리가 남긴 마지막 말을 곱씹었다. 여러 번 생각할수록 너무나 부끄러워졌다. 시간이 지날수록 더 고개를 들지 못하는 상황이 되었다.

그때까지만 해도 나는 노랑머리를 하고 오토바이를 타는 젊은 사람들이 과연 생각이란 걸 하면서 사는지 의문스러워했다. 말썽만 부리는 사회 부적응자로만 여겼다. 하지만 생각 없이 제멋대로 살 것 같은 사람들조차도 부, 명예, 사회적 지위를 가진 사람은 자신의 신분에 걸맞게 말하고 행동해야 한다고 생각한다는 걸 알게 되었던 것이다.

솔직히 나 자신을 제대로 알지 못하고 살았던 것 같았다. 소나타가 좋은 차는 아니지만 노랑머리는 소나타가 대단한 차라고 생각하고, 소나타 정도의 차를 타는 사람이라면 마땅히 그에 걸맞게 지켜야 할 품위가 있다고 생각한 것이다. 그런데 소나타를 타는 내가 양아치같이 말하고 행동하는 것을 보고 많이 실망하고 '소나타까지 타는 사람이'라는 말을 남기고 자리를 뜬 것이다.

지금도 그때의 노랑머리를 생각하면 미안해진다. 나이도 많은 내가 딱해 보였을 것이다. 그후로 나는 공무원이라는, 혹은 검찰 수사관이라는 나의 직책을 항상 명심하고 말과 행동을 조심하기 시작했다.

우리는 스스로 자신이 가진 것이 눈에 보이지 않는다는 이유로 대단한 것이 아니라고 치부하기도 한다. 그 탓에 자신이 하고 싶은 대로 말하고 행동하지만 남의 눈에는 모든 것이 보인다.

명품 옷과 가방을 걸쳤다면, 어떤 지위에 있다면, 그런 거창한 것뿐만 아니라 공무원이라면, 혹은 두 아이의 아빠라면, 그런 일상적인 조건 역시 나를 이루는 중요한 요소라는 것을 알아야 한다. 그리고 그에 걸맞게 말하고 행동해야 한다고 생각한다. 명품을 걸쳤다면 그에 맞게 사람이 명품이 되어야 한다는 것을 배웠다.

특히 나는 국가와 국민을 위해 희생하고 헌신할 기회를 가진 사람이다. 그건 분명 대단한 일이라고 믿어 의심치 않는다. 그래서 수사관이라는 옷을 걸치고, 수사관이라는 직책을 어깨에 짊어진 사람답게 힘들 때 먼저 나서고, 누군가를 더 배려하고 모범을 보이며 검찰 수사관답게 살아가기 위해 노력해야 한다고 생각한다. 일반사람보다는 더 엄격한 잣대를 들이대고 살아야 할 것 같다는 생각을 하곤 한다.

내게 있어 짜장면이란 나에게 삶의 교훈을 준 사람들과 관련이 있는 음식이다. 비록 지금 내가 마이크와 카메라가 비추는 타인의 시선 중심에 있는 것은 아니지만 크게는 대한민국 국민을 대표하고 작게는 공무원 혹은 검찰 수사관을 대표하고 있으니 항상 말과 행동을 조심해야 한다는 것을 배웠다. 말에는 힘이 있어 자신이 뱉은 말은 돌고돌아 자신의 목을 조인다.

건강과 가족

2000년 여름, 검찰 수사관 시험에 합격했다는 통지를 받았다. 그해 겨울에는 홀가분한 마음으로 임용을 기다리며 용평에 있는 스키장에서 스키를 즐겼다. 스키를 타다가 지금까지 만나보지 못했던 노인을 만났다. 노인은 내게 색다른 삶의 교훈을 주었다. 이 글을 읽는 이들이 내가 경험한 노인의 교훈을 공감했으면 하는 바람으로 이 글을 쓴다.

노인을 처음 만난 곳은 용평 리조트 레드 리프트에서였다. 시즌 초에는 노인의 존재를 알지 못했다. 그런데 시간이 지나면서 노인과 함께 리프트에 앉는 일이 잦아졌다. 평일 낮 스키장은 제법 한가하여 자연스레 노인과 자주 만나게 된 것이다. 리프트와 슬로프에서 자주 마주치는데 인사를 하지 않고 그냥 지나치는 것은 예의가 아니라고 생각해 마주칠 때마다 인사를 했다.

인사를 나누는 사이가 되자 노인은 먼저 말을 걸어왔다. 우리는 이런저런 사는 이야기를 나누었다. 공무원 시험에 합격해서 임용을 기다리고 있다고 내 상황을 말했고, 노인은 여든 살인데 사업을 하다가 기업 경영에서 물러나 여생을 즐기고 있다고 했다. 손자뻘인 내게 밥을 사주기도 하고 스키 기술을 가르쳐 주었다. 노인의 말을 들으면서 나도 여든 살에 저렇게 스키를 탈 수 있는 근력이 있을까 하며 부러워하기도 했다.

한 시즌 3~4개월 동안 노인과 많은 대화를 나눴지만 지금은 노인의 얼굴조차 기억이 나지 않는다. 한데 그와 나눈 대화 중에 가장 기억에 남는 단어가 두 개가 있다.

시즌이 거의 끝나갈 때였다. 거의 봄에 가까웠다. 당시에는 4월 말까지 스키를 탔다. 그날은 스키장을 찾는 사람이 그리 많지 않았다. 시즌이 끝나가는 평일이었으니 그럴 수밖에 없었다. 나와 노인은 나란히 리프트에 앉아 정상으로 올라가며 범프가 많이 생긴 슬로프를 바라보고 있었다.

노인은 그동안 그리 심각한 얼굴을 한 적이 없었는데 그날따라 진지하게 이야기를 시작했다. 자신은 한때 대기업 회장보다 돈을 더 많이 벌었는데, 그 돈보다 더 중요한 것은 가족과 건강이라고 했다. 그의 말에는 진심이 담겨 있고 힘 주어 말하는 것으로 보아 아주 친밀한 사람에게만 들려주는 소중한 이야기라는 생각이 들었다. 노인의 말을 끝까지 경청했다.

사실 요즘에는 스키라는 스포츠가 많이 대중화되어 누구나 시간만 되면 가족 단위로 놀러갈 수 있지만 당시에는 스키 문화가 대중화되지 않던 시절이라 하루 스키를 즐기려면 상당한 돈을 지불해야 했다.

나는 비용을 절약하려고 친구를 통해서 직원 통근버스를 이용하여 스키장에 갔고, 아침을 되도록 든든히 먹고 가서 스키를 타다가 우동으로 점심을 때우고, 저녁에 퇴근 차량을 타고 집으로 돌아왔다. 그렇게 스키를 즐기고 있던 내가 노인의 말을 거짓말이라고 생각할 수 없었던 것은 그가 착용한 스키와 스키복이 수백 만원을 호가하는 명품이었기 때문이었다.

또, 노인의 스키 실력으로 미루어 노인이 스키를 배우기 시작하던 때에는 우리 나라에 스키장이라고는 용평 스키장밖에 없었는데, 당시 스키업계에 있던 사람들은 용평에는 지나가는 개도 백만 원짜리 수표를 물고 다닌다는 농담을 할 정도로 부유한 사람들만 이용할 수 있는 곳이었기 때문이었다.

노인은 말을 계속 이어갔다. 그렇게 많은 돈을 벌었음에도 불구하고 지금은 그저 혼자일 뿐이라고 했다. 일에 빠져 돈 버는 것에만 몰두한 결과 가족을 소홀하게 대했다는 것이다. 번 돈을 쓰는 재미에 중독되어 집에 머무는 날이 그리 많지 않았고 결국 건강을 해치게 되어 최근에는 운동으로 회복하고자 스키를 타고 있다고 했다. 돈을 버느라 별 관심을 주지 않았던 자식들은 이제 어른이 되었지만 노인을 찾아오지 않는다고 했다.

마음은 멀어졌지만 그나마 같은 집에서 함께 지내던 아내가 얼마 전 죽었다고 말했을 때 노인은 잠시 말을 이어가지 못했다. 나는 다음 말을 묵묵히 기다렸다. 한참의 침묵 후 노인이 말했다. 그는 내가 공무원이 되었으니 많지는 않겠지만 수입이 보장되고 가족을 부양하기에 부족함이 없을 거라고 했다. 이렇게 스키를 타러 올 정도니 운동은 앞으로도 계속해 나갈 것이라고도 했다.

노인은 삶에 있어 가장 중요한 것은 건강과 가족이라고 거듭 강조했다. 믿고 의지할 가족이 있을 때 비로소 최고의 삶을 살 수 있다고도 덧붙였다. 그 안에는 사랑과 건강이 있고, 만약 그것을 잃는다면 경제적으로 안정적인 생활 같은 건 아무 소용 없어진다고 했다. 그 말을 하는 노인은 사무치는 후회 속에서 고통스러워하고 있었다.

스키 슬로프 위에서는 아무 망설임 없이 위풍당당해 보이던 노인의 어깨가 너무나 작아 보였다. 사랑하는 자식들도 찾아오지 않고, 아내마저 죽은 지금, 모든 것이 의미없어진 삶 속에서 홀로 남은 여생을 보내야 하는 노인이 느끼고 있는 것은 무엇일까. 궁금했지만 도저히 가늠할 수 없었다.

그때 내가 할 수 있었던 것은 그저 묵묵히 노인 옆에 앉아 있는 것이었다. 나는 노인에게서 배운 교훈을 실천하려고 노력을 한다. 건강을 위해 자전거를 타고 헬스장에 습관적으로 들르고 겨울이면 스키장에 간다.

나는 세상 모든 일은 우연이 아니라고 믿는 사람이다. 그렇기에 리프트에서 만난 노인은 누군가의 안배로 내 옆에 앉게 된 것이라고 생각한다. 시간이 흘러 내가 살아온 삶을 돌아보고 누군가에게 필요한 이야기를 해줄 수 있길 바란다. 스키장에서 만난 노인이 나에게 그랬던 것처럼.